像水一样流

高文胜 著

河南大学出版社
HENAN UNIVERSITY PRESS
·郑州·

图书在版编目(CIP)数据

像水一样流 / 高文胜著. —郑州:河南大学出版社,2019.12

ISBN 978-7-5649-4071-3

Ⅰ.①像… Ⅱ.①高… Ⅲ.①读后感-作品集-中国-当代 Ⅳ.①I267

中国版本图书馆 CIP 数据核字(2019)第 276596 号

责任编辑 陈 巧
责任校对 孙增科
封面设计 翟淼淼

出版发行 河南大学出版社
地址:郑州市郑东新区商务外环中华大厦 2401 号
邮编:450046
电话:0371-86059750(高等教育与职业教育出版分社)
0371-86059701(营销部)
网址:hupress.henu.edu.cn
排　　版 郑州市今日文教印制有限公司
印　　刷 河南瑞之光印刷股份有限公司
版　　次 2021 年 3 月第 1 版
印　　次 2021 年 3 月第 1 次印刷
开　　本 890 mm×1240 mm 1/32　　**印　　张** 12.375
字　　数 233 千字　　**定　　价** 49.00 元

水一样，不离开，也不停留

——读书，与高文胜先生共勉

高文胜的足迹横跨两大古都——开封和郑州，他任职于开封，居住在郑州。他所居住的家属院在郑州市众多小区中自有一番景致和风情：有供人散步的环形道，早晚都有中老年人散步，走上一圈大约是300步，也有年轻人在环形道上奔跑，老中青碰面互相问好，环道内有儿童乐园，那是孩子们的天地，春、夏季节，每天早晚，儿童乐园内响起的欢声笑语给大院带来了朝气与生机，谁不喜欢孩子呢？环道内的盆景园别开生面，大院人在此欣赏盆中乾坤，很多外院人也会在此驻足。盆景园内有两个棋盘供棋手厮杀，盆景园的北侧有两个乒乓球案子，这是小区内的独特景观，人们可以在这里披挂征战，休憩时聊天、闲扯，其乐融融。

由此我想到一个人——赵主任，他是省邮政系统两处物业的大管家，能饮善言，各种笑话常挂嘴边，小区内的绿化、景观都在他的带领下日趋完美，他是给小区带来欢乐的人。

高文胜是小区“海拔”最高的人，身高1.87米。除了他，名门盛世乒乓球队还有两位“高人”，一个是平总，身高1.86米，另一个是工程师郭胜利，身高1.85米。若恰逢三人中的两人在乒乓球台对垒，长胳膊长腿“翻手为云，覆手为雨”，伴以围观者的喝彩声，这是大院最动人的时刻！非职业队中还有可爱的小胖，总是一身朝气、一脸生动的郭记，端庄的“青衣”，浪漫的“公主”，劲头十足的“刀马旦”，“猴气”的金老板，疑是佛家的光头老万，偶尔乒乓球教练临场指导，这便是球场的节日！

有一天，我从儿童乐园走过去盆景园浇水，夏日的余晖洒在如同一棵高大挺拔的“白杨”高文胜身上，这棵“白杨”怀中的孩子肆意地抚摸他的脸膛，一头卷发跳动着，孩子大声欢叫，高文胜脸上笑开了花，我叫一声“小天使”，孩子扭转小脸，一双大眼睛盯着我，却把高文胜搂得更紧，又对我笑，一幅温馨父子柔情画呈现在儿童乐园中。

与高文胜交流读书心得是在两个环境中。一个是手机微信，他常有心得发布，请“名门盛世院乒乓球冠军杯”的同人点评；二是在打球的间隙，我俩各自抽上一支烟，吞云吐雾中交流读书心得，有时如小河淌水进心田，互相浇灌，有时如大江东去，畅快淋漓诉衷情。

我说：人类的知识最终会回到书架上。打乒乓球的间隙，我对高文胜说，这话是我盗版的，我藏书近万，读阅数千，也没见"书中自有颜如玉，书中自有黄金屋"，只是将读书日常化，有心得："我本命贱似黄荆，田头地边沟沿生。羊啃牛吃马踏坑，天地不弃岁岁生。盆里栽树是乾坤，按捺不住吼两声。声色犬马样样有，今生才不负来生。"

高文胜说，读书是为了自己，通过读书影响你的思维方式，改变你的言谈举止，让你成为那个想成为的自己，让自己有更多的选择机会。

高文胜"高人""高论"："让你成为那个想成为的自己。"这是一种境界。

高文胜梳理出一年的读书量有46部之多，且涉及古今中外，门类庞杂，最为难能可贵的是，他每读必有札记，叫"读书感悟"，准备结集出版。

荀子认为，出乎口、入乎耳的读书不能达到人的心灵深处，只有深入心灵的读书才能化为人生的实践，支配人的一生。

高文胜做到了。他读《曾国藩家书》入心：凡人皆可成圣，无论经世致用，还是修身齐家，一恒天下无难事。

读《傲慢与偏见》，读出家庭的良好教育。现在，我们多少家庭都"不让孩子输在起跑线上"，高文胜认为，孩子有孩子的精彩，何必让孩子成龙成凤？用亲情让孩子感到安全温暖，也不让自己留有遗憾。他注重与孩子的心灵交流,儿子每晚靠他讲的故事入眠。他说:我能看到儿子睡梦中的微笑!他温暖了儿子,儿子用梦中微笑来回报。

读《无名的裘德》,夜深人静,泡一杯茶,捧读,躁动的心慢慢平静下来,内心一片安然。入心的读,世界唯我与书;入心的读,生命如花,花如心。

读《道德经》,高文胜体会到要当好"五大员":一是教练员,带一支过硬的队伍;二是战斗员,首席客户经理抢占更多优质客户;三是守门员,确保优质客户不能丢失;四是消防员,对负面舆情和突发情况稳妥处理;五是裁判员,做人正直,做事公正,还要善于化解矛盾。

读《卓有成效的个人管理》,他动刀剖析自己的傲气、虚荣、自负、好争、多言、毛躁……一种精神外化,一种酣畅的内心独白。

读书是从书中寻找更多的支撑现实的启示,人的尊严在于思想对于身体的超越。

高文胜在银行里办了"钉钉子精神"读书小组,面对面交流读书心得。这于当今浮躁的社会,一切都在商业润泽的当下,他独树一帜。好读书,培养读书的习惯;读好书,才能开卷有益;读书好,胸藏文墨怀若谷,腹有诗书气自华!这是章法,也是境界!

在打乒乓球的间隙,高文胜先生要出读书心得集子,请我作序，说了这么多，算不算序呢？

赵富海
2018年2月22日

（赵富海，中国作家协会会员，郑州古都学会副会长）

自　序

时间如水，光阴如梭，悄然而至，瞬息而逝。

2016 年 7 月，我决定工作之余把每周二晚定为“读书日”，带着身边的年轻人一起读书，交流体会。最初目的很简单，打造一支学习型组织。孩子们从家门走入校园，又从校园进入企业，如何“画好”人生第一笔至关重要。我也喜欢读书，很乐意做这个“带头人”。

至 2020 年 7 月，从职场管理、中外名著到人文生活，我读的书籍种类也不在少数。阅读过程中，从有感而发的随笔到触碰心灵的顿悟，本是“无心插柳”的点滴记录，但在日积月累中，读书的体会、感想也“水流汇集”。而且，感觉自己越来越通透，内心越来越平和。

本书分为三个部分，摘录了我 4 年来的读书感想和生活随感，分为“阅读时间”“生活随笔”和“管理杂谈”三个部分。希望通过该书广结善友，与大家一起“好读书、读书好、读好书”。一路走来，我坚信，人对了世界就不会错，我也坚信，持续学习的能力决定了一个人能走多远。一个人是他过往的集合，我算不上作家，只是生活的记录者。希望把我看到的、做到的、读到的、感悟到的，与大家分享。

是为序。

2020 年 9 月 5 日

目　录

阅读时间

生活随笔

管理杂谈

阅读时间

难舍能舍

《人生就是放下》读后感

一是要善良。道德修养不仅是一种品质，更是一种力量。“穷则独善其身，达则兼济天下。”当我们有能力的时候，在不伤害自己和不影响自己生活的情况下，帮助那些需要帮助的人，我们会收获快乐和幸福，社会也会因我们的善良而变得更美好。

二是不逾矩。包括法律、规章、制度和公德良俗。金融行业的从业者要顶得住诱惑，内心才能获得宁静。

三是学会舍。人的痛苦往往不是得到的太少，而是想拥有的太多。要想获得真自在，就要沉下心来认真地想一想，什么是你最想要的，想清楚了，将精力放在上面才有意义。

四是学会时间象限管理。合理规划，自动自发做好不紧急但重要的事，将功夫下在日常。当遇到紧急和重要事情的时候，我们才能内心平静，从容应对。

2016年8月9日

学以致用

《平易近人》读后感

感悟一：习总书记强调，我们要坚持改革开放正确方向，敢于啃硬骨头，敢于涉险滩，既勇于冲破思想观念的障碍，又勇于突破利益固化的藩篱。综合营销也是一项改革，两年来遇到了思想观念的碰撞。因此，需要坚决推进的勇气和决心，更需要各级干部发挥钉钉子精神，深入基层，正确宣贯，加强培训，教好方法，选树典型，强化通报，一个问题一个问题解决，以踏实留印、抓铁有痕的劲头抓下去，善始善终，善做善成，打赢这场攻坚战。

感悟二：习总书记指出，很多同志有做好工作的真诚愿望，也有干劲，但缺乏新形势下做好工作的本领，面对新情况新问题，由于不懂规律、不懂门道、缺乏知识、缺乏本领，还是习惯于用老思路、老套路来应对，蛮干盲干，结果是虽然做了工作，有时做得还很辛苦，但不是不对路子，就是事与愿违，甚至搞出一些南辕北辙的事情来。这就叫新办法不会用，老办法不管用，硬办法不敢用，软办法不顶用。

如何克服本领恐慌，吾以为根本之道是学习。学习既要讲质量，也要讲效率，更要讲韧劲。读书切忌死记硬背，关键在悟，将别人的文字转化成自己的语言就好记了。工作再忙，少些应酬，多些思考，读书的时间还是能挤出来的。读书能让我们的精神变得富有，物质和精神双丰收！

祝愿读书成为更多人的生活方式。

感悟三：汉字是有魔力的。讲话也有层次之分，最浅层次是说大白话，如个别大老粗把低俗当幽默；中间是教条话，如个别教授授课晦涩难懂；最高层次是通俗话。通俗不是低俗，而是将道理通过易懂的语言表达出来，更能传播得广泛和长久。李白诗词为什么能朗朗上口，大人和小孩都能来上几首？大道至简，我们更多的是把简单的东西复杂化了。

手中有书，心中不慌。

2016 年 8 月 14 日

行　魂

《金融道》读后感

读后感一：这是一本值得向同行推荐的书，读完后意犹未尽。书中介绍了广发银行杭州分行从 1997 年组建到 2016 年十年间的发展历程，叙述了主角金海腾 18 岁扎根边疆，后做到县长，因缘聚合，跨界组建一家分行，带领团队成长的故事。

我想分享的第一个感悟是“行魂”。一个团队有没有战斗力，跟这个团队的主官密不可分，金海腾就是金融界的“李云龙”，两者都能把毛泽东思想活学活用，比如群众路线、批评与自我批评、重视思想教育等。一个“外行”愣是带着团队创造了一个又一个奇迹，特别是培养了许多优秀的干部，整建制地输送到佛山、中山两个亏损严重的银行担任领导，快速复制杭州模式，很快扭转了被动局面。国有企业发展往往成也萧何（一把手）败也萧何。金海腾就是杭州广发的“行魂”，他犹如定海神针，有了这个魂，任尔东西南北风，都能闯出一条光明的路来。

这提醒我，时刻要如临深渊，如履薄冰。一时的正确，不代表一直正确，重大决策必须慎之又慎，否则，自己错了，将会给企业带来“灾难”。这是责任，这是使命，这也是良心！

读后感二：纵观杭州广发十年发展史，也是十年创新史。管理上，“门外汉”金海腾提出“不克隆一家银行”的理念，跳出银行办银行，行长们集体办公，推行值班行长制，江山轮流坐；实施全员经理制、贡献积分制、财务报账制、专业经营支行等。在业务上，将客群定位为充满活力的民营企业，在同业中率先推广票据、动产抵押、保理、贸易融资、物流银行、薪加薪等，抢先占领中小企业市场。这些产品现在各家银行都有，但请大家不要忘了，杭州广发创新的时间是在近20年前。那时候，我还在建行工作，能够深切体会其中之不易。

创新是一个民族进步的不竭动力。总书记提出了五大发展理念，将创新作为第一个，正是为我们破解难题指明了方向。

想要成为一家受人尊敬的大型零售商业银行，我们的创新之路还很长，我行鼓励创新、包容失败，形成了创新的良好氛围，用创新引领发展。套用一句时髦的话：创新永远在路上。

读后感三：一个老友跟帖聊到，同业和员工认可是王道，是检验领导水平的一把尺子。我认可老友的观点。上升到精神层面，其实是价值观趋同。否则，不是一股道上的，硬拧都别扭，还会形成严重内耗。金海腾提出入行的员工必须先学习、认可杭州广发文化,其实也是这个道理。说到企业文化,大家会觉得很虚,其实不然,一个企业的核心竞争力恰恰是企业文化。

来到开封工作整整两年了,我一直致力于打造小的企业文化建设。对内,坚持员工第一,树立风清气正的环境,焕发员工干事创业的激情;对外,积极参加植树、慈善、公益等社会活动,打造有血有肉的社会主体,体现社会责任。改变思想是最难的一件事,想过成功,想过失败,但从未想过放弃。对上,无愧于领导重托;对下,无愧于员工信任;对自己,无愧于良心。累并快乐着!

2016 年 8 月 24 日

人有不为也

《理想丰满》读后感

读后感一：书中涉及理想、公平、行业、企业治理、男人、旅行、环保、90后、台湾、传承等，板块间看似不相关，但形散而神不散，蕴含了作者的人生智慧。

文如其人，作者是个理想化色彩浓厚的人，这也造就了万通“学先进，走正道，追求理想，顺便挣钱”的企业文化。这样的企业往往短时间内很难做大，因为他们懂得“止”，有所为，更知道有所不为。这样的企业会持久，而且正向积累会推动其越走越好，路越走越宽。

作者并不孤单，在追求“道”的路上，我也在赶路。

读后感二：国内民营企业创造的财富正由第一代向第二代传递。继承人如何选，成了创业者的头等大事，也是几千年来家国天下的头等大事，选好了，大旗还能继续扛下去，选错了，风水就会轮到别人家。

改革开放37年间，社会快速积累了巨额财富，却忽视了中华优秀传统文化的传承，大家一切向“钱”看，“孔方兄”成了检验一个人成功与否的唯一标准。第一代为富不仁、为富不义者不在少数，“富二代”耳濡目染，岂能学好？建议读读《曾国藩家书》，以人为鉴，可以知得失。做到了，富过三代不是难事。

国有企业怎么办？选对的人和对的选人都要靠制度，坚持德才兼备，以德为先；坚持五湖四海，任人唯贤；坚持既相马，更赛马；坚持民主集中制，失责必纠，营造风清气正的良好政治生态环境，何愁交棒？

读后感三：从《野蛮生长》到《理想丰满》，作者讲述了民营企业在不同发展阶段的探索历程，归根到底，也是一个有效的运营模式、发展方式、体制机制、制度建设和生活状态不断探索的过程。

邓小平曾指出，制度好可以使坏人无法任意横行，制度不好可以使好人无法充分做好事，甚至会走向反面。检验的标准要看是否有利于企业发展，是否有利于社会发展，是否有利于人的发展。我行一直致力于探索一个有效的体制机制，逐步形成让制度选人，让业绩证明人，让价值观凝聚人，让事业激励人。

我思故我在。

2016年8月28日

心里有没有

《我的父亲焦裕禄》读后感

读后感一：焦裕禄代表了那个时代绝大多数党员干部的形象，机缘巧合，被新华社副社长穆青作为典型推了出来。昨天晚上读书会结束后，朱行长建议我给小伙伴分享心路历程，希望能帮助大家更好地成长，我就先讲讲亲人的一些事。

爷爷和大舅都是党的高级干部，两人“文革”期间被下放到农村改造。大伯也被送到新乡原阳农场劳动。后来他们陆续恢复职务，而大伯直到离开人世也没有改变农民的身份，伯母、弟弟、小妹到现在还在原阳农村，大姐是在爷爷离世后，组织安排进了机关工作，改变了命运。而大舅的儿子没有工作，只是在西安一个小集体企业上班，后来企业破产下岗。我曾经问过舅妈，舅舅有职有权，为什么不给哥哥找个好工作？舅妈说你舅舅就是那样的人，从来不会给组织找麻烦，觉得丢人。就像我爷爷十一届三中全会后恢复工作，组织配有专车，但他从来不坐，一直走路上下班，组织调他到北京工作，他让给了年轻人。说这些，现在的年轻人未必能理解，甚至不相信，认为他们傻，有权不用过期作废嘛！那时候的干部都是战争年代里从死人堆里爬出来的，很多亲密的战友为了理想牺牲了，他们觉得自己能活着，已经是很幸福了，他们大都是纯粹的，心里始终装着“为人民服务”的宗旨。

随着改革开放不断深入，一些干部思想滑坡、精神缺钙、脱离群众、本领不足、“四风”盛行。习总书记多次强调向焦裕禄同志学习，就是想唤醒全体党员干部的宗旨意识。作为党委书记、行长，思想上必须始终与党中央保持一致，坚定理想信念，保持先进本色；行动上夙夜为公，开拓创新，勇于担当，为银行转型发展做出自己的贡献。始终牢记总书记嘱托：不忘初心，继续前行！

读后感二：书中有些话对我触动很深，如“你不蹲下去，看不清蚂蚁”“干部不领，水牛掉井”“拼上老命大干一场”，指的都是干部工作作风。有什么样的作风，就会有什么样的结果。焦裕禄同志为治理“三害”，忍着肝癌的疼痛，走遍了兰考的沟沟坎坎，访贫问暖，虚心求教，吃百家饭，干农家活，因地制宜地找到了战胜灾害的办法，彻底改变了兰考“冬春风沙狂，夏秋水汪汪……卖了儿和女，饿死爹和娘”的悲凉生存环境。所以，人民才怀念他，感谢共产党。

现在环境越来越好，个别党员干部却丢掉了优良的工作作风，讲条件，讲待遇，却不讲贡献，身处高位，却乐于当二传手，工作上懒政怠政。习总书记提出“三严三实”就是针对当下时弊，给我们提出了具体的改进目标，也给好干部应该有什么样的作风画了像。请我行干部对照对照，进一步增强担当意识，从办公室里走出来，深入一线、深入基层、深入市场，问政于民、问需于民、问计于民，一心一意谋发展，聚精会神抓落实，推动本单位、本部门科学发展。你的所作所为，员工自有评判，别让员工失望！别让自己后悔！

读后感三：书中描述了一个情节，让我读后潸然泪下，摘出来与大家分享：有时候该做饭了，他就原地转圈，往天上看，于是大家也本能地往天上看，他说你们看不着，因为你们心里没有。别人就问：焦书记，那你看啥呢？他说：我看谁家的烟囱不冒烟，现在是做饭时间，如果这家的烟囱不冒烟，那就是两个情况，一个是家里没粮，一个是家里没人。焦裕禄同志心里装着百姓，他心里才有，这真正体现了为人民服务的宗旨。

这让我想起一个员工父亲长年生病，家境困难，而我们的干部竟然不知道，员工通过社会爱心人士众筹父亲的治疗费用。这件事让我汗颜，第二天我到她上班的网点，代表党委和工会去看望，并研究帮扶措施。我大会小会多次对干部们讲：“人心是最大的政治。你心里把员工装得有多重，员工才会把你装得有多重。”我行党委高度重视员工福祉，联合工会先后制定了许多扶贫济困措施，同时通过发展不断提高员工待遇，让职工幸福有尊严地活着。

这些好政策，需要我们的干部去落实。一个地方团结不团结，经营发展好不好，工作劲头足不足，都和群众纪律有关，请同志们扪心自问：你心里有没有人民群众？

2016 年 8 月 31 日

人要经七灾八难方成人

《拆掉思维里的墙》读后感

我是一个很缺乏安全感的人。小时候,家里很穷,爷爷和大舅是党培养的好干部,都很正统,不让家人跟着沾光。父亲在部队,也顾不了全家。母亲要强,一个人带着姐姐、妹妹和我,过着月底借钱月初还的紧巴日子。那时候,我们都盼着小舅来家里,他在铁路上班,是那时所谓的铁饭碗,小舅常接济我们,带来糖等好吃的。为了生活,很小的时候,母亲骑着三轮车,带着我去很远的农村收鸡蛋,再到离家门口很近的市场出售,一斤赚一毛钱。由于家里没钱,母亲就经常做面条,清汤寡水的,里面放西红柿和青菜叶,能滴两滴香油就像过年。我很能吃,每次都要吃两碗。直到现在,我依然喜欢吃面食。随着年龄的增长,姐姐去了部队,我和妹妹上学,家里更难了,我就利用寒暑假或晚上时间做些小生意。夏天卖过汽水,一瓶挣 8 分钱,大热天也不敢喝,因为喝一瓶需要卖三瓶才能赚回来。卖过肉鸡,被工商局的人抓到过,要没收我的自行车和冻鸡，我告诉他们我是学生，家里穷，勤工俭学，最后他们只罚了我5块钱。卖过螺蛳，每天早上骑一个多小时自行车到大西郊去买，因为那里比纬四路市场每斤便宜一毛钱，从我家去那里骑车要上个大坡，蹬上去很累，我很喜欢回来时顺坡而下的感觉；买回来的螺蛳还要用温水泡，滴点儿香油，让它把泥吐出来，然后用老虎钳把后门剪掉，让大料的味道能进入，下午5点出摊，凌晨两三点才收摊。卖过熟肉，自己在家卤肉，晚上去市场销售，母亲称秤，我吆喝算钱收钱拿袋子，由于味美干净，回头客很多。

这些生活经历，烙印在我的心里，形成了现在的性格特质。我拼命工作，拼命学习，盯着一个个目标，拼尽全力，从而成就了现在的我。

2016年9月4日

百炼成钢

《银行家马蔚华》读后感

读后感一：大海航行靠舵手，而成为舵手却需要千锤百炼。

1968年12月22日，《人民日报》发表毛主席的指示："知识青年到农村去，接受贫下中农的再教育，很有必要。要说服城里干部和其他人，把自己初中、高中、大学毕业的子女送到乡下去，来一个动员，各地农村的同志应当欢迎他们去。"19岁的马蔚华和千百万知识青年一样，上山下乡当了4年知青；1972年应召到锦州铁路局成为工务段工人。1978年邓小平在全国科技大会上提出"科学技术是生产力""知识分子是工人阶级的一部分"的论述，很快全国恢复高考，近30岁的马蔚华考入吉林大学，一直读到博士。大学毕业后，他先后在辽宁省计委、安徽省委、人民银行工作，特别是在担任人民银行海南省分行行长期间，马蔚华见证了中国历史上第一例海南发展银行倒闭案。在50岁知天命的年龄，他从政转商，来到招商银行工作，上任当天就遇到了沈阳分行挤兑风波，不久，央行又叫停包括招商银行等部分银行的离岸业务；还有要处置大量不良资产、上市等经历，锻造了一个优秀的银行家。

没有人是随随便便成功的，大家往往看到的是成功者光彩照人的一面，却看不到他们为此付出的艰辛。正所谓百炼成钢，石头经过千刀万剐成为佛像受信众膜拜。九九八十一难，都会成为你的财富，闯过去，你会发现真经并没有过程可贵。经过了，你就知道了。送给正走在拼搏路上的年轻人，希望你们多闯关！

读后感二：战略比战术更重要。战略讲的是方向，战术讲的是效率。我行成立仅 9 年时间，和其他全国性股份制商业银行相比，无论在体制机制、信息技术、产品种类、专业化程度等方面都存在一定差距，甚至吃过的亏都更少，需要管理层正视，保持头脑清醒。有差距是不是就不可以弯道超越呢？个人认为：可以在理念上先行一步，比同业多想一步，早走一步，走好一步。

2016 年 9 月 10 日

所有的伟大源于一个勇敢的开始

《影响世界改变中国的邓小平》读后感

读后感一:坦率地讲,对伟人或重要历史事件评价是有顾虑的,一是站位低,二是不全面,三是不合适。琢磨来琢磨去,脑海中突然冒出一句最想表达的话:向邓小平致以最崇高的敬意!

读后感二:这是一本值得推荐并再次阅读的书籍。理由有三:一是邓小平是中共党史非常时期的重大历史事件的主要参与者,阅读本书可以让我们对党史有个更全面系统的了解;二是改革开放不是一蹴而就的,今天的幸福生活来之不易,要更加珍惜,倍加呵护;三是更坚定了道路自信、理论自信、制度自信、文化自信。

2016 年 9 月 15 日

开卷有益

《书与你》读后感

吸引我从书架里拿出这本书，是因为喜欢书名，随手翻开第一章，讲阅读应该是一种享受，更是有了浓厚的兴趣。读到三分之一时，就已经不想继续了，强迫自己读完，只是不想养成不喜欢就放弃的习惯。本书作者从自己的视角和喜好，介绍了欧美优秀作家的作品，是一个帮助读者读好书的书单，所以看起来索然无味，也就不再点评了。倒是作者的做法，让我产生了把自己读过书的感悟集成册的想法，这也是个意外收获吧。

看来真是开卷有益啊，古人诚不欺我！

2016 年 9 月 16 日

无字碑功过随人是非

《武则天传》读后感

抱着对林语堂先生的崇拜，翻开了《武则天传》。作者以虚构的外孙的视角，讲述了武则天从太宗皇帝到改朝换代再到中宗即位历史演变的全过程。

全书字里行间充满了对武则天的偏见，不明白作者为什么会这样。如果因为她是女皇帝，那请问女性为什么就不能当皇帝？英国女皇、德国总理、英国首相、新西兰总理等都是女性，国家治理得也很不错。如果是武则天当皇帝来得不正统，不符合作者的文人情结，请问哪个开国皇帝不是一将功成万骨枯的，即便是作者充分肯定的唐太宗，不正是通过玄武门政变杀到皇帝宝座的吗？如果指其淫荡（不排除历史被篡改，强加给她的），请问有哪个皇帝不是三宫六院七十二嫔妃的，唐朝是中国女性最开放自由的朝代，难道女性都要裹脚才是德吗？

宋庆龄评价：武则天是中国历史上唯一的女皇帝，封建时代杰出的女政治家。我深以为然。她负有抱负,目标坚定,忍耐力极强,手腕高超,就连林语堂先生也评价其方法精确可靠,稳扎稳打。这是个有才华的女性,前无古人,后无来者,魅力永恒!

2016年9月18日

警醒后人　启示当今

《大国兴亡录》读后感

跟随作者的视角，波斯、罗马、唐朝、宋朝、明朝、西班牙、荷兰、英国、德国、日本、美国的历史和兴衰令人印象深刻。每个帝国的兴衰都有偶然，同样也隐藏着必然。

读史有智慧，人才是事业兴盛的关键；学会包容才能集聚人才，狭隘只会走向独裁和死亡。

2016 年 9 月 19 日

为你，千千万万遍

《追风筝的人》读后感

读后感一：隆重向朋友们推荐此书。作者原本是写给自己的，叙述了1975年前生长在阿富汗富裕家庭里年龄相仿的少爷和仆人的感情纠葛。少爷和仆人开始保持着良好的关系，一起玩耍，虽然少爷并没有真正把仆人当朋友，时而捉弄他，但是仆人"为你，千千万万遍"的忠心感动着少爷。造化弄人，为赢得勇敢、粗犷父亲的爱，性格柔弱的少爷参加了当地传统的斗风筝比赛，赢得了冠军，仆人忠心耿耿，去追被斗败的蓝风筝作为战利品献给少爷，却被一个泼皮无赖鸡奸。少爷躲在暗处目睹了全过程，害怕自己受到伤害，始终不敢出来解救仆人，因此饱受精神折磨。为摆脱内心的煎熬，少爷伪造现场指责仆人偷窃，赶走了仆人一家。

1979年，苏联入侵阿富汗后，少爷随父亲逃亡巴基斯坦，辗转来到美国。父亲过世后，因为"再次成为好人的路"的一句话，击中了少爷的软肋。为了心灵救赎，少爷来到巴基斯坦见到父亲亲密的朋友,了解到仆人原来是同父异母的兄弟,而同样不知道真相的兄弟为了“为你,千千万万遍”的承诺,回到了战火纷飞的喀布尔,精心照顾少爷的房子等待他回来,从而遭到塔利班的杀害,留下一个儿子躲在孤儿院备受折磨。为了救出侄儿,少爷战胜了恐惧,重新走进了战乱中的故乡,历经生死坎坷,把被同一人鸡奸的侄子带了出来,侄子却丧失了生活的信心,开始封闭自己,救赎之路还在延续……

本书文字优美,情感细腻,情节跌宕起伏,思想深刻,让读者舍不得放下,不自觉沉浸其中,时而喜悦,时而沉思,时而痛心,拷问灵魂!

读后感二:和平像空气一样珍贵,需要我们小心呵护。1979年前,作者生活在阿富汗一个富裕的家庭,过着无忧无虑的生活,每天上学和玩耍。战争打破了平静,一夜之间失去了自由和财富。由于担心生命安全,花高价找蛇头偷渡。趁夜色逃走时,仅带走几件衣物和路费,路上还被卡车司机和边境守卫刁难,父亲为了救一个陌生女人不受侮辱,差点儿被苏联士兵枪毙。为救侄儿,作者深入战火纷飞的故乡,到处是残垣断壁和饥寒交迫的百姓,亲眼看见士兵随意枪杀和用石头屠杀贫民,并被鸡奸兄弟和侄子的儿时对头打成重伤,差点死去。

再看看现在的伊拉克、利比亚、叙利亚等动乱国家,成千上万的人无家可归，流离失所，朝不保夕，每天都面临死亡和失去亲人的悲痛，为了活命而丧失尊严，出卖灵魂，苟且偷生。再看我们的祖国，虽然还有这样那样的不足，如地沟油、诚信缺失、高房价、看病贵、潜规则、老虎和苍蝇贪腐等问题，可我们从来没有担心过自由，百姓的财产得到有效保护，深夜可以放心地散步，吃夜宵，不用担心生命的安全，吃得饱穿得暖，有钱了国内国外满世界旅游、购物。因为，我们知道，我们有强大安定的祖国，累了可以回家，可以放心地睡觉。毫不讳言，我们和西方发达国家在法治、制度、人权、空气质量、国民素质等方面还有一定的差距，可请想想他们发展了几百年，我们改革开放才 37 年，就成为全世界第二大经济体，我们应该骄傲和自豪。请多一些宽容和理性，少一些抱怨和不满，给我们的国家更多的时间去调整完善，我始终相信：我们的国家会更富强、更民主、更文明、更和谐，空气会更清新，湖水会更清澈，饮食会更放心，教育会更公平，法律会更完善，规则会更透明……而这一切都离不开安定团结的环境，中国不能乱，请珍惜来之不易的和平。中华民族的伟大复兴指日可待，一定会实现！

2016 年 9 月 23 日

知世故而不世故

《人生有味是清欢》读后感

凌晨一点半,儿子饿醒了,没眼泪地干号着。冲的奶没吃完,翻身趴着睡去。孩子的心是自然的、通透的,饿了就吃,高兴就笑,累了就睡觉……每个孩子都是佛,仔细观察他们的眼底,是清澈透明不含杂质的,让人心生欢喜。随着年龄的增长,在“人”字上加了“一”横,孩子长“大”了,有了眼耳鼻舌身意,有了色声香味触法,体会人生八苦,沦为众生,经历七灾八难,悟透了才能在“大”字上再添上“一”横,成为“天”即又成佛。

此佛非彼佛,一个是天性,一个是人性,没有孰高孰低,殊途同归!

2016 年 10 月 2 日

古城小巷　历史典藏

《静女其姝》读后感

书中描写从静宜女中走出的八位杰出女性，有坚持真理宁死不屈的王佩英、中国脂蛋白和载脂蛋白的奠基者王克勤、艺术家孙维世、编辑席佩兰、老鲁艺任均、女作家郭晋秀、电影演员赵抒音、33届南丁格尔奖获得者吴静芳。她们的故事深深吸引了我，原来真正的历史藏在口述者的自传里，也让我对开封产生了重新认识的冲动。

说实话，来开封两年了，每天忙于工作，对开封是既熟悉又陌生，熟悉的仅是单位到宿舍的3公里路，生活两点一线。读完本书，才发现自己错了。在开封的小街道陋巷里，藏着大把的历史，等着去解读。生活突然打开了一扇窗，有了让自己更丰满起来的希望。

2016年10月4日

人民总理为人民

《周恩来传》读后感

他是中国近代史以来少有的没有争议的伟人，每当大家提起他都会肃然起敬。他一生从来没有真正当过一把手，先后跟随过陈独秀、李立三、张国焘、王明、毛泽东，尽心竭力地工作；他参与领导的南昌起义缔造了中国共产党的军队；他在国共合作、西安事变等重要事件中，发挥着不可替代的协调作用；他提出了和平共处五项原则，足迹遍布各大洲；他在“文革”期间忍辱负重、废寝忘食地工作，尽可能地减少国家损失；他的信仰是真诚的，每天只休息3—4个小时，一心一意为了共产主义事业不懈奋斗；他的人格是崇高的，没有子嗣，国外没有一分钱存款，一件睡衣穿了几十年，补了又补的还有袜子，他离世时，联合国下半旗志哀。

今年是他离开我们第41个年头，周总理却依然活在我们的心里，为我们树立了不朽的丰碑！

2016年10月7日

平淡中的温情

《我们仨》读后感

杨绛先生用朴素的语言，回忆与钱锺书先生和女儿钱瑗充实、有意思的生活。书中的语言平实又精湛，没有什么豪言壮语，却处处透着人生智慧。我试着总结几点：

一是与世无求、与人无争的处世哲学。人多处守口，独处时守心，在各种运动中没有受到更大的冲击。

二是严谨的治学态度。手中有书，心中有书，所著著作颇丰，是真正的大师，受世人尊敬。

三是互敬互帮、相濡以沫的夫妻之道。生活中不乏“石子”之类的小情趣，碰到困难一同承担，困难就不复困难。

四是言传身教的家庭传承。夫妻是孩子最重要的老师，孩子是父母的复印，父母什么样，孩子就会刻印成什么样，言传更要身教。

五是豁达的人生态度。面对女儿和丈夫先后离世，杨先生说

“我们仨都没有虚度此生,因为是我们仨”。

2016年10月11日

迷者师度　悟者自度

《解忧杂货店》读后感

受益于改革开放，我们的物质生活极大丰富，但快乐却成了奢侈品，焦躁取代了从容，速食顶替了烹饪……脚步越走越快，只顾着奔向目标，忽视了沿途的风景。回过头来才发现，不知什么时候，我们把快乐给丢了，又拼命寻找。

快乐方法自古有良方，佛家讲“舍得”，先舍后得；道家讲“无为”，生而不有，为而不恃；儒家讲“忠恕”，讲仁爱。

迷者师度，悟者自度！

2016年10月14日

人对了，世界就不会错

《人生》读后感

因为喜欢《平凡的世界》，所以很早就拜读过路遥的成名作《人生》，今天拾起来依然觉得酣畅淋漓。高加林的故事让我想起了战国时期杨朱“临路而泣”，正如柳青讲“人生的道路虽然漫长，但紧要处常常只有几步，特别是当人年轻的时候……你走错一步，可以影响人生的一个时期，也可以影响一生”，就如高加林因为年轻，面临诱惑时，做出了错误的选择，失去了金子般的巧珍。

哈佛一项研究也说到，人一生平均只有 7 次决定人生走向的机会，两次机会间相隔约 7 年，大概 25 岁后开始出现，75 岁以后就不会有什么机会了。这 50 年里的 7 次机会，第一次不易抓到，因为太年轻；最后一次也不用抓，因为太老。剩下的 5 次里面，又有两次会不小心错过，所以只有 3 次机会。回想 26 年来的金融从业历程，也是处处面临抉择和考验，谢天谢地，总算是越走越稳，应归功于“世界观、人生观、价值观”的功劳，以前没有这样的认识，随着年龄和知识的增长，越来越觉得“三观”不虚，我们的选择都跟它密不可分，它是立世之基、成事之钥。这提醒管理者要重视对年轻人“三观”的培养，俺常告诫干部要“关注新人”就是这个意思，比如找原则性强且热心肠的师傅带新人，培养其按制度办事的习惯；新人先不要到农村支行工作，让其校园文化转而适应银行的企业文化；异地员工宿舍安排要安全舒适，让其家人放心、本人舒心；要经常跟他们谈谈心，了解思想动态；要把职工之家建设好，让员工安心；要严管厚爱，才不会使其走弯路或走错路，领导头上的乌纱帽才戴得牢固。

“人对了，世界就不会错”，“路对了，人生就不会错”！

2016 年 11 月 6 日

警惕历史虚无主义和殖民主义思潮

《中国抗日战争大参考》读后感

合上厚厚的书，心情还是久久不能平复。近代以来，中国积贫积弱，屡遭列强欺辱。1900 年，八国联军侵略中国，火烧圆明园，拉开了 20 世纪的大幕，1999 年，以美国为首的北约轰炸我国驻南联盟大使馆，落下了 20 世纪的帷幕，这一头一尾，帝国主义的暴行都涉及中国。特别是 1931 年“九一八”日本帝国主义侵华开始，至 1945 年 8 月 15 日投降，中国人民为了争取民族独立，斗争了整整 15 个年头，伤亡 3500 万人以上。新中国成立后，老一辈又经过了朝鲜战争、中印边境自卫反击战、珍宝岛自卫反击战、对越自卫反击战，牺牲了无数英烈，换来了今天的和平。

改革开放后，我们的国家越来越强大，也许是和平得太久，更是因为教育的缺失，现在的一些年轻人对中国近代史缺乏了解，认识片面模糊，忘记了我们曾经历的深重苦难；忘记了日本军队在中国所犯下的屠杀、强奸、纵火、抢劫等战争罪行与反人类罪行；忘记了日本攻克南京后6周内,30万平民和战俘被杀害,约2万中国妇女遭日军奸淫;忘记了日本军队“烧光、杀光、抢光”的三光政策让晋察冀地区人口锐减了一半。忘记历史就意味着背叛,今天的幸福生活,是多少先辈拿命换来的,历史不会忘了他们,国家不能忘了他们,人民不该忘了他们。

习总书记讲“道路、理论、制度、文化”自信,我们必须毫不动摇地坚持,特别是教育部门,应该开设相关的必修课程,把这段历史系统、完整地告诉给孩子们,而不是仅以某个人物或某件事情夹杂在教学中,让他们铭记历史,不是为了铭记仇恨,而是抵抗历史虚无主义和殖民主义思潮,不忘初心,继续前行!

2016年11月12日

笔耕不辍

《洗澡》读后感

一如杨绛先生其他作品,本书文字诙谐幽默、感情细腻、语言平实,浑然天成。阅读中,脑海里常常蹦出一幅画面:一个白发老太太,于灯光下,伏案写到尽兴处,眼底不经意间流露出少女般跳脱的神情。

通过阅读《我们仨》《洗澡》,我对杨绛先生的文学功底佩服得五体投地,将其作为自己的目标,希望自己也能笔耕不辍,写出此类简约而不简单的文章,集结成册,感动自己!

2016 年 11 月 16 日

幽默是一种智慧

《马克·吐温》读后感

“幽默”一词源于拉丁文,本义是指“体液”。古希腊一位名叫希波克拉底的医生认为,人的体液由血液、黏液、黄胆汁、黑胆汁等组成,抑郁是由于体内黑胆汁过盛造成的,解决方法是开怀大笑。

《马克·吐温》一书中共收录了22篇中短篇小说,读后令人苦笑、压抑和沉重。马克·吐温被西方称为幽默大师,符合弗洛伊德“幽默可以社会许可的方式表达被压抑的思想”的观点。我把其看作“黑色幽默”,即思想情绪上的黑色与幽默结合的产物。也许是东西方文化的差异,我更喜欢东方式的幽默,机智、诙谐、风趣,更重要的是面对或黑暗或挫折或困难等,依然心存阳光。正如林语堂所讲,幽默的最上乘境界是“心灵的光辉与智慧的丰富”,钱锺书在《说笑》一文中谈道:“一个真有幽默的人别有会心,欣然独笑,冷然微笑,替沉闷的人生透一口气。”

生活是一面镜子,你笑它就笑,你哭它也哭,何不笑对人生!

2016 年 11 月 27 日

大道至简

《蒙田随笔》读后感

"哲学"一词源出希腊语,意指"热爱智慧"。在中国,"哲"字最早出于"孔门十哲",专指那些善于思辨、学问精深者。

搜索资料,发现一件很有趣的现象,公元前580年至公元前300年,在北纬25°—35°,东西方同时出现了老子、释迦牟尼、孔子、苏格拉底、孟子、墨子、柏拉图、亚里士多德等伟人,他们著书立传,启迪人类智慧,创立了哲学思想,铸就了东西方的文明基础。

我国传统文化最辉煌的巅峰时期是在春秋战国,道家、儒家、法家、兵家、墨家、阴阳家、纵横家等百家争鸣、百花齐放,为后人留下了宝贵的精神财富。哲学虽然是关于世界观的学说,但它并不晦涩难懂,老子讲"大道至简"就是这个道理。

《蒙田随笔》共收录了作者39篇论述,文章短小精悍、通俗易懂,读起来发人深省。在感谢作者的同时,也要感谢李桂德先生,他的翻译让我看到了老子和蒙田隔着一千年的历史长河,相视一笑。

2016 年 12 月 4 日

三不朽

《富兰克林自传》读后感

富兰克林是苦孩子出身，因学费太贵，从小就跟着父亲制造蜡烛、肥皂，试学刀具手艺，给哥哥当学徒。17 岁离家出走，前往费城闯荡，一步步打拼，成就了美国梦，成为美国人的精神坐标。

富兰克林的成功除了勤奋以外，有两点我印象最深刻，一个是富兰克林好读书，无论从事何种工作，他每天都会抽出一到两个小时阅读，为此还发起成立了共图社俱乐部，将会员的藏书共享，他还自学了法语、拉丁语等，学业日益精进，为他日后成为成功的商人和卓越的政治家、外交家奠定了基础。第二个是富兰克林热心公益，在英法战争期间，组建费城民团，保卫家园不被外敌入侵；组建联合消防队，一人有难，众人帮忙；成立科学协会，出版《电的实验与观察》等，全票当选伦敦皇家学会会员，先后被苏格兰圣安德鲁斯大学、牛津大学授予博士学位；发起建立宾夕法尼亚医院，为穷人看病；成立费城学院，让穷苦孩子和孤儿也能受到教育；反对奴隶制和奴隶贸易;等等。

《左传·襄公二十四年》有云:“太上有立德,其次有立功,其次有立言,虽久不废,此之谓不朽。”富兰克林做到了,美国第一任总统乔治·华盛顿这样评价富兰克林:在我的一生当中,能让我佩服的人有三位,第一位是本杰明·富兰克林,第二位也是本杰明·富兰克林,第三位还是本杰明·富兰克林。

2016 年 12 月 9 日

温故而知新

《论语》读后感

年末岁首，连着读了两个版本的《论语》，依然津津有味，不舍得放下。回想20多岁时，看不懂也看不进去；30来岁时，依稀触到如盲人摸象；到了40多岁，难经多了，心静了，再读此书，很多道理豁然开朗，其实和生活不远，百姓只是日用而不知。如果早点领悟，能少走许多弯路。人要是倒着活，这个世界该是怎样？

刚刚过去的2016年，阅读量超过30本，读书已成为生活的一种方式，每天不读书，总觉得浑身不得劲儿。2017年，计划阅读更多的中外名著，来一场向经典致敬之旅。

2017年1月4日

女子本弱　为母则刚

《红字》读后感

海丝黛·白兰的坚强、独立、善良、勇敢深深地打动着读者的心。这些可贵的品质,在我母亲身上都有体现。

小时候,父亲在部队,母亲独自一人照顾我们仨。记忆中,母亲每天努力工作。早上醒来,母亲就把我们仨挨个儿抱到竹椅小车里,推着去幼儿园,晚上下班再接回家,加班时就让邻居帮忙代管。家里穷,平时就吃面条,清汤寡水的,就这样省着花,每到月末,母亲还得向同事借钱,月初发工资时再还。为了让我们吃好,母亲骑着三轮车,带着我到农村收鸡蛋,回来偷偷找个地方出售。母亲的优秀品质,影响和感染着我,给了我前进的动力。

俗话说得好:不养儿,不知报父母恩。母亲现在老了,该孩子孝敬您了! 母亲在,家就在!

2017 年 1 月 18 日

一恒天下无难事

《曾国藩家书》读后感

曾国藩出身寒门，无钱无背景，5 岁开始读书，考过 7 次秀才、1 次举人、3 次进士，凭着"一书未完、不看他书"的苦读，皓首穷经，埋头书海，28 岁时以第二名的成绩考入翰林院，典型的学而优则仕，靠知识改变命运。

年轻的曾国藩偏激、躁动，缺乏恒心。在朋友的影响下，曾国藩见贤思齐，在"诚、敬、静、谨、恒"五字上痛下苦功，坚持每天写日记，记录心得、自省自戒；每天读《史记》不少于 10 页，从未有间断；还把自己的学思悟践写信告诉家人，仅 1861 年就写了 253 封家书。正是持之以恒的韧劲，一点一滴的积累，曾国藩以书生之身成就了丰功伟业，并且功成身退。毛泽东说过"愚于近人，独服曾文正"。

曾国藩的成功告诉我们，凡人皆可成圣，无论经世致用，还是修身齐家，一恒天下无难事！

2017 年 1 月 29 日

一切都是最好的安排

《傲慢与偏见》读后感

现在的你是过往的集合。一部经典作品,不是作者的凭空想象,往往是对成长的思索,因此生动、感人、有温度。

《傲慢与偏见》中的人物都是简·奥斯丁生活的再现,大家有时间可以了解她的生平。我想分享的是关于家庭教育的话题。简·奥斯丁仅上过两年寄宿学校,却能写出《傲慢与偏见》《理智与情感》《爱玛》《沙地屯》等作品,这和她的家庭教育、成长经历是分不开的。1787 年,年仅 13 岁的简·奥斯丁开始习作,这一时期,奥斯丁一家的孩子们常常在家中举行戏剧演出,简·奥斯丁经常写一些小段子,良好的家庭教育为她成长创造了得天独厚的环境。

说到孩子教育,现在很多家长给孩子报了奥数、英语、舞蹈、绘画、钢琴等辅导班和特长班。每到周末,家长比上班还累,只是为了“不让孩子输在起跑线上”。我也曾经做过类似的事情,随着年龄的增长,现在对孩子的教育观念改变了很多。只是希望孩子有个健康的身体和良好的习惯,随着他自由生长。他有他的精彩,何必让孩子成龙成凤,来弥补自己的缺憾。唯有亲情是家长必须做好的功课,这样的孩子性格才会圆满。只要是有时间,我都会高兴地和儿子一起玩耍,休息的时候,就在他面前抱着书阅读,孩子很喜欢躺在我怀里听我唱歌(说实话老跑调),睡觉前我就背唐诗,像唐僧唠里唠叨地哄他睡着,用亲情让孩子感到安全温暖,也不让自己留有遗憾。

感谢孩子带给我们的欢乐,一切都是最好的安排!

2017 年 2 月 3 日

死生事大

《沉思录》读后感

佛家讲“死生事大，生命须臾”。古今中外哲学家多长寿的秘诀，恰恰是勘破了生死，不计较个人得失，内心宁静、平和豁达。

静是古人推崇的大智慧。《道德经》上说，静为躁君；《大学》说，静而后能安，安而后能虑，虑而后能得；佛家讲，戒定慧；子曰：仁者寿，智者乐；郑板桥写下难得糊涂、吃亏是福。守静来之不易，需要过五关、斩六识。第一是权力关，秦皇汉武唐宗宋祖，最终都是尘归尘、土归土。第二是名誉关，多少备受赞誉的英雄被人们遗忘，多少赞扬的人也都已消失。第三是金钱关，君子爱财取之有道，采之非理则弱智伤神。第四是美色关，君生日日说恩情，君死又随人去了。第五长寿关，人生易老天难老，岁岁重阳。斩六识是眼识、耳识、鼻识、舌识、身识、意识，前五识未起分别。

人不可与命争，如何度过有生之年呢？集古罗马皇帝和哲学家于一身的马可·奥勒留·安东尼在《沉思录》中说：做个正直的人，若非生而正直，则努力趋向正直……过每一天就好像是过最后一天似的，不激动、不麻痹、不虚伪。看着街上行色匆匆的人群，提醒自己有时间，多到医院和火葬场走走，别让那颗叮叮当当的心，无处安放。

2017年2月5日

父母是孩子最好的老师

《爱的教育》读后感

恳请大家一定要阅读此书，用隆重介绍、强烈推荐这类词是无法表达我对作者的敬意的。《爱的教育》不仅仅是一本有关孩子教育的书，对大人来讲同样受益匪浅。作者以日记体的形式、淳朴的语言，生动地描述了19世纪后期意大利一个城镇三年级小学生的课堂内外生活，记录了一个少年道德情感的成长过程。

当下，国内很多家长非常重视孩子知识和技能的教育，却忽视了在道德、礼仪和情感方面的培养，而后者对一个人的成长和人生更重要。孩子每天的任务就是学习，其他的事情父母都包办代替，养成了孩子衣来伸手、饭来张口，缺乏独立性，长大了仍躲在父母的翅膀下，把父母当成ATM机的不良习惯。温室内的花朵终究是长不大的，不经历风雨，开出的花亦无自然的芳香。

曾看过一段日本人评价中国人的视频，随意吐痰、任意插队、大声喧哗、在古迹上刻划名字，这些不良习惯被日本人耻笑，都是教育缺失的结果。中央电视台天天播放文明出游的公益广告，正是在纠正陋习，可良好的行为习惯，恰恰是需要家长、老师从小培养的。

给大家讲一个真实的故事。我们单位包联了一个贫困村，结合当地实际，行里制定了教育扶贫、实体扶贫、平台扶贫、精准扶贫的帮扶政策。该村有个孩子自小父母双亡，靠爷爷奶奶和亲戚的救助养大，家里生活拮据，奶奶得了青光眼，爷爷打零工挣钱供孙女上学。2016年，孩子考上了本市的一所大学，学费又成了大问题。了解情况后，行里送去3000元现金，让孩子顺利上了学。为了帮助她，行里驻村工作队成员经常会购买一些物品去学校看她，提醒她申请学校困难补助，还帮她找工作，希望她能利用业余时间做零工，赚些生活费，减轻老人的压力。单位一个临时工听说了她的情况，在月收入两三千块钱的工资中，每月拿出200元资助她。后来，驻村的员工告诉我，这个孩子上学后变了，给她找的工作嫌累不去，衣着也日益光鲜亮丽，经常在群里晒吃过的美食，却不忘每月变着法地向行里临时工打电话要那200元钱。那名员工说起来都很气愤，决定断了对她的资助，因为她不懂感恩和珍惜。

孩子的教育是门大学问，就像种树一样，需要把根立正，经常修剪，树才不会长歪。正如陈丽在名家导读中写道：“一个真正的人，应当兼有智慧与情感，知识与道德并举，爱是人世间最宝贵的东西，包含了尊敬、同情、诚实、纯洁、无私、温柔等最高贵的品质；

《爱的教育》不仅表现了爱，更重要的是告诉我们如何去爱，如何去培养爱。”我也想对父母们说一句话：夫妻之间是需要相守的，少来夫妻老来伴，父母对孩子的爱是要放手的，我们总有一天会老去，他们终将独自面对这个世界！

2017 年 2 月 9 日

爱有方　方有爱

《包法利夫人》读后感

故事的结局很悲惨,包法利夫人追求奢华生活,借债挥霍,债台高筑,又先后遭到两个情夫抛弃,不得不服毒自杀,丈夫了解真相后抑郁而死,留下一个年纪尚小的女儿,被穷亲戚送到一家纱厂做童工。

文学创作来源于生活,又高于生活。福楼拜写作《包法利夫人》的灵感源自一个真实的故事,就发生在作者父亲医院的一名医生身上,作者运用高超的布局、调度、笔墨,将“庸凡的事物”造就成有价值的艺术。作者对包法利夫人心理活动描述细腻,沿着轨迹探寻,不难找出其中的原因,即夫妻精神之间“门不当、户不对”,且不能有效沟通。包法利夫人渴望富裕、刺激的生活,追求精神完美,幻想轰轰烈烈的爱情,包法利先生相貌普通、收入微薄且呆板无趣。两个灵魂之间长期缺乏共鸣,在情人甜言蜜语的诱惑下,包法利夫人开始走向堕落,最终吞下了裹着蜜的苦果。

这样的悲剧现在依然在上演。老话说：男怕入错行，女怕嫁错郎。选择错误，结果可想而知，这就是佛家讲的因果。亚里士多德讲“爱情是在两个不同的身体里住着同一个灵魂”。我理解同一个灵魂指的是夫妻有共同的人生观、世界观和价值观，且处在同一个层面。如果“三观”不同，就像两股道上的车，始终不会有交集；如果不在同一层面，沟通也必然出问题，车有可能会偏离方向。

如何经营好身边的幸福？我在做证婚人时总讲三句话：第一句，家是讲爱的地方，不是讲理的地方，有爱就会 Anything is no problem，讲理去法院；第二句，要像爱你父母一样去爱对方父母，爱自己父母是天性，爱对方父母则是责任，都是爹妈养的，别让对方为难；第三句话，夫妻一定要多沟通，沟通了就了解了，了解了就理解了，理解了就支持了。

愿有情人终成眷属，从此幸福地生活。

2017 年 2 月 14 日

无心而为

《雾都孤儿》读后感

合上厚厚的书籍,脑子昏昏沉沉的。轻声走出家门,在走廊里点了一根烟,随手翻阅好友发来的文章。外面风很大,呜呜的声响透过窗户缝隙钻进耳朵里,明天要降温了,寒意袭来,燥热的身体和杂乱的思绪逐渐沉了下来。

《庄子·列御寇》有“八极、三必、六府”之说,意在提醒我们“无心而为”,做该做的事,而不必存着特定的目的。看来是我着相了,回想当初之所以写读后感,目的是在读书协会给大家带个好头,促使单位干部和员工养成阅读习惯。随着作品在《汴梁晚报》不断发表,以及朋友们的称赞,方向发生了偏差,对读后感越来越在意,字斟句酌,总想写出新意,一鸣惊人,获得朋友们的称赞,所以搞得自己很累,值不值当没想清楚,留着以后悟吧。

言归正传。《名家导读》开篇说:“每一个民族都有一个作家,而且只有一个能代表他的民族精神,要了解这个民族,就必须阅读这个作家。”毋庸置疑,狄更斯就是19世纪代表英国精神的作家。狄更斯家境贫寒,从小辍学,父亲因欠债被关进监狱,鞋油作坊和监狱成了对他一生产生重大影响的地方。正是打小的苦难经历,造就了作者对现实的深刻思考。《雾都孤儿》是狄更斯的代表作,作者笔下的奥利弗是不幸的,社会的麻木不仁、冷酷无情和腐败制度让奥利弗吃尽苦头、九死一生。作者笔下的奥利弗又是幸运的,布朗洛先生、罗斯小姐、格里姆威格大夫的善良,像无尽黑暗中的一点光亮,给了奥利弗希望,指引他冲破黑暗,走向光明。正义战胜邪恶,让读者长长呼出一口闷气。一部经典传世之作,必然是时代和文学的高度统一,对人类社会进步起着潜移默化的推动,历久弥新,跨过时空依然熠熠生辉。

2017年2月19日,是邓小平同志逝世20周年纪念日,我要向这位世纪老人致以崇高的敬意。毛泽东思想让中国人民从此站了起来,邓小平理论让中国人民富了起来,我坚信,以习近平同志为核心的党中央,必将会带领中国人民强大起来,中国梦一定会实现!

2017年2月20日

心向阳光　何惧忧伤

《老人与海》读后感

儿子平躺在床上，听着舒缓的音乐，安静地享受着每日的功课。孩子的小脚丫很厚，脚底板光滑，按上去很有质感。按完脚，接着给他捏腿，趁着孩子翻身，又轻轻拍着他的背，哄他入睡。

海明威被称为文坛硬汉，他在《老人与海》中写道："不过人不是为失败而生的，一个人可以被毁灭，但不能给打败。"我觉得海明威是孤独的，他的作品多为悲剧类型，充满了迷茫、彷徨。本书收录《印第安人营地》中的丈夫割腕自杀、《拳击家》中的著名拳击手疯了、《大双心河》的避世、《杀手》的厌世、《没有被斗败的人》中受伤的斗牛士、《乞力马扎罗的雪》的主人公渴望死亡、《弗朗西斯·麦康伯短促的幸福生活》丈夫被出轨的妻子"误杀"等，从侧面反映出作者的悲观情绪。好的作品是作者与故事逐渐合二为一，海明威没有走出这些负面情绪，1961 年 7 月 2 日，海明威用猎枪结束了自己的生命。

读书是为了明理，知者不惑，仁者不忧，勇者不惧。我认识两个很有才华的年轻人，都是博览群书。一个是学哲学的研究生，对新生事物有独到眼光，年纪轻轻就在互联网上做得风生水起，可看他的微信，偏激得不可思议；一个则是林黛玉式的病态，生活在现实和理想之间，痛苦得一塌糊涂。读书要学会抽离，跳出来看，不能只进不出，否则，读的书越多，思想就会越混乱。

世界上不缺美，换个视角，你会发现不同的风景。

2017 年 2 月 27 日

一书未完　不翻它书

《格列佛游记》读后感

格列佛在小人国、大人国、小岛、慧骃国等的游历，看似荒诞不经，作者却通过暗喻的方式、巧妙的构思、幽默的语言、泼辣的讥讽，将18世纪英国社会黑暗面刻画得淋漓尽致，令读者拍案叫绝。我把它列为藏书，收进书橱，留给儿子阅读。

选择书籍和正确阅读非常重要。以前读书比较随性，逮住什么看什么。有段时间还沉迷于网络文学，大半夜不睡觉，搞得视力下降，不知所云。阅读方法也有问题，办公桌上一本，车上一本，床头一本，连贯性差，思想在不同作品间来回切换，张冠李戴。现在，我会选择阅读名著，歌德说“读一本好书，就等于和一个高尚的人对话”。它们经过时间的考验，大浪淘沙，历久弥新，依然散发着永恒的光芒，启迪读者智慧。同时，一书未完，不翻它书，更有助走近作者，促膝长谈，如对故人！

2017年3月8日

传 奇

《史蒂夫·乔布斯传》读后感

读后感一：神秘、专注、眼神犀利、艺术气质、脸颊消瘦、表情沉默、充满力量，这是我对封面照片的感受。

乔布斯是控制欲极强的完美主义者，他认为产品是有灵魂的，是为了一个使命才被生产出来的，产品看不见的地方也应该和露在外面的部分一样精美，就像他的父亲会用一块上好木材做衣柜的背板一样。乔布斯要的是伟大的产品，而不仅仅是赚钱。他认为：物质只把生活填满而不使之充实。为达到极致简约的效果，他不断激励着项目团队，好一点，再好一点，简单一点，再简单一点。无论是 iMac、iPhone、iPad、iPod，完美地将好莱坞文化和硅谷文化融为一体。

乔布斯具有叛逆精神，唯我独尊，非黑即白，脾气暴躁，言语粗鲁，不懂人情世故，富有攻击性，诚实到残酷。他的粗暴使得跟他一起工作即让人不安又令人振奋，而他借此打造了世界上最具有创造力的公司。

乔布斯说:“我最擅长的就是发现一批天才,然后和他们一起创造东西。”他的核心圈子里集中的都是真正的强者,而不是献媚者,他们无视权威,具有叛逆精神,抓住机会改变世界。

他认为过程就是奖励。病重期间,他还想颠覆教科书产业、设计新的数码技术、发明一体化电视机……

他创造了苹果和皮克斯,他改变了世界。人们对他的思念会随着时间而生长。乔布斯说:总有一天,你会站在最亮的地方,活成自己曾经渴望的模样。他做到了,成为传奇!

读后感二:中国会不会出乔布斯?答案是不可能,究其根本是文化差异。儒家讲中庸,追求“花未全开月未圆”,低调、内敛、难得糊涂,木秀于林风必摧之。西方文化崇尚自由、平等、博爱,社会包容非主流思想,宽容创新失败。也许你会说,中国有马云、马化腾……的确,他们确实很牛。他们的成功更多是跟随西方技术,依赖中国市场,他们是成功的商人,但成为不了改变世界的那个人。

“功以才成,业由才广。”乔布斯的成功还得益于超一流的团队,成员个性鲜明,在各自领域都是顶级人物,头脑风暴激荡是常事。乔布斯以强硬的态度拒绝二流人员加入团队,他认为:一流人才只喜欢和一流人才合作,二流人员只会招收三流人员,弱化团队的创造力。所以,他会毫不犹豫地开除那些二流人员,保持团队的活力。一个企业、一个组织能做到这一点,成功将是必然。

乔布斯还以推动社会进步为己任,他一直在意的是造出伟大的产品,能挣钱就更棒。为此,宁肯牺牲成本、工期,也要做到精益求精,达到技术与艺术的完美融合。这种责任感,激发着他忘我工作,每周工作超过 90 个小时。

乔布斯说:Stay hungry, stay foolish。译成中文:求知若渴,虚心若愚。共勉!

2017 年 3 月 29 日

一面镜子

《红与黑》读后感

书是经不起读的。三次阅读此书，每次感受都不相同，“一千个读者就有一千个哈姆雷特”。

小说是生活的一面镜子。19世纪初的法国，王室、宗教、新兴资产阶级三大阵营不断冲突较量，势力此消彼长。于连出身于社会底层，身体柔弱，青少年时经常挨揍，常常慨叹命运的不公。打小的经历，深深烙印在他心里，造就了他好学、勤奋、敏感、虚伪、虚荣、傲气、多愁善感、英雄主义等性格，内心渴望融入上流社会，却又轻蔑地位、财富、名誉，雄心勃勃又谨小慎微。这些奇特结合在一起，代表了当时新兴资产阶级的心理状态。

在于连身上看到了自己的影子。年轻的时候，性格偏激，做事冲动，内心虚荣，渴望成就一番事业。凡事总想争个对错，以显示自己能耐，结果处处碰壁，走了不少弯路。随着阅历的增长，那颗躁动的心，由嗓子眼落回到肚子里，整个人静了下来，但内心依然保持着“穷则独善其身，达则兼济天下”“当官不为民做主，不如回家卖红薯”的英雄主义情怀。我曾给年轻的同事们讲：比年轻、活力、新技术，我不如你们，我和你们比价值观的坚守、比境界、比学习力。赫尔曼·黑塞曾说过：“对每个人而言，真正的职责只有一个：找到自我。然后在心中坚守其一生，全心全意，永不停息。”

语言是用来掩饰思想的。司汤达19世纪30年代出版此书时说，只有五十年后才能被读懂，他说对了。1830年法国七月革命，推翻了波旁王朝，资本主义的生产关系得到确立，1871年，法国又爆发了巴黎公社起义，建立了世界史上第一个无产阶级政权。

写完读后感，已是凌晨一点钟了，窗外夜色深沉，万籁俱静，突然想起了曹雪芹《红楼梦》里讲：“满纸荒唐言，一把辛酸泪。都云作者痴，谁解其中味？”这句话代表了我此时的心情！

2017年4月23日

忘记历史就意味着背叛

《了不起的盖茨比》读后感

本书收录了菲茨杰拉德的《了不起的盖茨比》《重访巴比伦》《五一节》和《一颗像里茨饭店那么大的钻石》四部中短篇小说，文章充斥着厌倦、孤独、挫折和精神价值的沦丧，是作者对 20 世纪 20 年代美国腐朽、堕落、混乱社会现状的反思，对"美国梦"的坚守。

查了查百度，所谓的美国梦，广义上指美国的平等、自由、民主；狭义上指一种相信只要在美国经过努力奋斗便能获得更好生活的理想，亦即人们必须通过自己的勤奋工作、勇气、创意和决心迈向繁荣，而非依赖于特定的社会阶级和他人的援助。通常这代表了人们在经济上的成功或是企业家的精神。

本书对现实依然具有警示意义。中国实行改革开放四十年，物质得到极大丰富，人民生活水平不断提高，但是毋庸讳言，许多人却精神空虚，三观扭曲。习近平总书记审时度势，提出了国家富强、民族振兴、人民幸福的中国梦，让人精神为之一振。要实现这一伟大目标，就必须弘扬民族精神、凝聚中国力量，坚定走中国特色社会主义道路。想起了今天晚上观看的《红旗渠精神：杨贵篇》，深受震撼，感动流泪。26 岁的县委书记杨贵，在技术、资金、经验和物资匮乏的年代，历经十年艰辛，带领 10 万林县父老乡亲战天斗地，硬是在太行山悬崖峭壁上凿出了一条“人工天河”，引漳入林，解决了困扰林县百姓千年的吃水难题。正是自力更生、艰苦奋斗的民族精神，中国人民创造了一个又一个奇迹，中华民族始终屹立于世界民族之林，从未有断代。这种精神永不过时，越是发展好的时候，越要头脑清醒，越是要保持和弘扬这种精神。

忘记历史就意味着背叛，让我们不忘初心，继续前行，撸起袖子加油干！

2017 年 4 月 28 日

每个孩子都应该被宠爱

《爱丽丝漫游奇境》读后感

《爱丽丝漫游奇境》和《爱丽丝镜中奇遇》是继莎士比亚之后被翻译成各种文字最多的英国作品。从大人的世界来看，这是一本荒诞不经的童话冒险故事，讲述了小姑娘爱丽丝在树洞和镜子里的种种奇遇，读懂它需要童心、童趣和展开想象的翅膀。

儿子总喜欢抱着他的软软被，每次睡觉前逗他，把软软的小被子拿过来，他就爬起来再从我身上拿过去。孩子喜欢捡落叶，遇到小男孩时，胳膊向前伸得直直的，一颠一颠地跑过去，把树叶往小朋友的手里塞，在他的世界里，树叶是最好的礼物了吧……

每个人心中的纯真，恰似孩子们种种稀奇古怪的行为。我们欢喜着他们的一切，正如我们爱看安徒生童话一样，都是纯真这根纽带，把孩子与我们、把过去现在和未来紧紧地联系在了一起。

2017年5月1日

与书为伴

《无名的裘德》读后感

这是一本值得隆重推介的书，文字精练、语言流畅、笔法细腻，读起来酣畅淋漓。感谢耿智和萧立明两位翻译者，他们精湛的文学功底，增添了本书的魅力。

裘德出身卑微，从小成为孤儿，投靠年老的姑奶奶生活。面对种种劫难，裘德一心只想脱离这个世界。乡村教师改变了他的生活轨迹，书籍给了他希望，裘德立志成为基督徒，开始了苦行僧的教义学习，培养心灵不为物质利益所动，追求更加高尚的情操。可命运多舛，两段不幸婚姻摧毁了梦想，结局令人扼腕叹息。

窗外的雨不知不觉间歇了，初夏的微风悄悄钻进纱窗，带来丝丝清凉。来开封工作已近三年，读书成为生活的一种方式，书籍成为挚友。每当夜深人静时，捧一本书，泡一杯茶，沉浸在文字世界里，与作者促膝畅谈，时间和孤独就这样一起悄悄溜走，内心一片安详。

2017 年 5 月 7 日

让暴风雨来得更猛烈些吧

《母亲》读后感

“在苍茫的大海上，狂风卷集着乌云。在乌云和大海之间，海燕像黑色的闪电，在高傲地飞翔……”

喜欢高尔基是因为《海燕》这篇散文，理解高尔基却是从《母亲》这部长篇小说开始的。作品描述了巴威尔的母亲尼洛夫娜精神觉醒的过程，母亲尼洛夫娜生活在绝望几乎渗透在下层社会每一个人骨髓里的年代，痛苦、屈辱却无力挣扎。在儿子等进步人士的影响下，母亲尼洛夫娜逐步从一个老是侧身走路、胆怯的、深受夫权和黑暗社会压迫的妇女，转变成一名坚定的无产阶级战士。全篇文字朴实沉重，没有同时期英法作家的华丽描述，这跟高尔基的苦难经历和俄国现实社会是分不开的。高尔基 4 岁丧父，母亲改嫁，16 岁前从事过铁路工人、看门人、脚夫、园丁等 7 种职业，尝尽贵族、资本家的虐待和压迫，这些悲惨经历奠定了作者朴素的平民意识和人道主义思想。

每个作家都有自己的政治倾向性，高尔基在俄语中的含义为“最大限度的痛苦”，他把这种痛苦转化为文字武器，刺向黑暗的旧社会，唤醒更多的劳苦大众，对绝望发起反抗，一起改变这个黑暗的世道，建立光明的新生活。高尔基被列宁誉为“无产阶级艺术最伟大的代表者”，被奉为“革命的海燕”。他的人生正像《海燕》里写的那样：“这是勇敢的海燕，在怒吼的大海上，在闪电中间，高傲地飞翔；这是胜利的预言家在叫喊：让暴风雨来得更猛烈些吧！”

2017 年 5 月 25 日

向阳而立

《漂亮朋友》读后感

《漂亮朋友》是19世纪继司汤达的《红与黑》、巴尔扎克的《幻灭》、福楼拜的《包法利夫人》之后的又一部里程碑式的现实主义作品。小说描写了一个野心勃勃、阴险狡诈、卑鄙无耻、自私虚伪的年轻人不择手段求得发迹的故事，揭示了19世纪法国爱慕虚荣、庸俗势利、腐化堕落的社会风气。作品语言清新流畅、朴素自然，是思想和艺术的完美结合。

毋庸讳言，人都有善恶两面。面对权力、金钱、地位、名誉、美色的诱惑，能扛得住的，要么是道德圣人，这些圣人往往已过了知天命的年龄；要么就是诱惑的筹码过低或背叛的成本过高。有时候，我们活得很累，并非生活过于刻薄，而是比较导致的不平衡，没有比较就没有伤害。其实，静下心来想一想，人生是一道坡，只要你还在向上爬，望着山顶总感到幸福，可一旦到达山顶，你就会突然发现只剩下坡和终点，而终点就是死亡。不管你愿不愿意，不管你职位高低，不管你有多少财富……时间对谁都一视同仁，我们正在一刻不停地走向同一个归宿。子在川上才发出“逝者如斯夫，不舍昼夜”的千古一叹！

想起杨绛先生曾说过的话：“我们曾如此渴望命运的波澜，到最后才发现：人生最曼妙的风景，竟是内心的淡定与从容……我们曾如此期盼外界的认可，到最后才知道：世界是自己的，与他人毫无关系。”

2017 年 5 月 29 日

知人者智　自知者明

《笑面人》读后感

感悟一：雨果笔下的关伯兰富有同情、乐于助人、生性温柔、善良勇敢。十岁时，关伯兰被儿童贩子恶毒地抛弃在波特兰荒无人迹的海滩上，在与冬天、黑夜、白雪、绝境、孤独、恐怖、寒冷、饥饿、风暴等的殊死搏斗中，在这个对他来讲一无所有的世界上，在他随时都会面临死亡的途中，他选择了义务，挺身而出，把一岁的黛亚从大雪埋没中拯救出来，抱着这个跟他无亲无故的女孩冲破死神的陷阱。两个无依无靠的孩子被善良的流浪艺人乌苏斯收留，三个人和一匹狼一同浪迹天涯，卖艺为生，吃尽苦头。长大后，长相丑陋、心地善良的关伯兰与眼睛失明、美丽柔弱的黛亚相爱了。造物弄人，饱受苦难的关伯兰被幸运撞了一下腰，一夜之间，从卑微的戏子成为英国上议员，从一无所有变为拥有万贯家财，女王的妹妹也要嫁给他，他将成为王亲贵胄。面对财富、美色、权力，关伯兰一度迷失了自己。当幻想破灭、理智回归，心爱的黛亚却离开了人世,关伯兰投海自杀,结局令人扼腕长叹。

《笑面人》是雨果的代表作之一,当时作者 66 岁,已经到了"耳顺"的年纪,相比于在 29 岁时写的《巴黎圣母院》,雨果对社会有着更深刻的认知和思考,笔下关伯兰的形象比卡西莫多更丰满、更深刻,具有深刻的现实内涵。这是一部历史题材的传奇性小说,对推动人类社会进步有着深远的影响。

2017 年 5 月 22 日,是雨果逝世 132 周年的日子,向这位文学巨匠致以崇高的敬意!

感悟二:关伯兰的悲喜人生,令人扼腕叹息,发人深思,拷问灵魂。经历苦难岁月,关伯兰与黛亚同舟共济、相濡以沫,面对飞来"横福",关伯兰却迷失了自我,本能粗暴地战胜了职责,而眼睛失明的黛亚却坚守信念,追求真善。

人性本善?本恶?雨果在书中写道:"偏离正道的思想在人心里总是处于潜伏状态。罪恶在我们的机体里早已划好了一条轨迹。即使是最无辜的、表面上最纯洁的人也不例外。没有污点不等于没有缺点。"厄运和幸运住同一个灵魂,亚伯和该隐盘踞在同一个人身上,理智和本能分庭抗礼。一个人需要隐藏多少秘密,才能够巧妙地度过这一生?

权力越大,责任越大,正直所承受的压力越大。前进?后退?留在原地?功名利禄皆是虚妄,能勘破才是大智慧。孔子《论语》

中讲:“知人者智,知已者明。胜人者有力,胜已者强。知足者富,强行者有志……”老子《道德经》里说:“为学日益,为道日损,损之又损,以至于无为。无为而无不为……”

欲望是最深的陷阱,只有不计名利得失,慎微慎独,守节持定,我们才能轻松前行,达到生命的最高度。

2017 年 6 月 6 日

好读书　读好书　读书好

《卓有成效的个人管理》读后感

这是一本现代管理学科开创者彼得·德鲁克的名言集，收录了德鲁克的《管理的实践》《非营利组织的管理》《卓有成效的管理者》《管理：使命、责任、实物》《21 世纪的管理挑战》《断层时代》等主要作品的核心内容。本书给我三点感悟和收获。

第一，读书无捷径。书中收录了德鲁克约 200 条名言，像许多人会边读书边记笔记一样，编辑把其中的良言妙句汇集成册。虽然摘抄的是经典段落，但有些读起来依然拗口或晦涩难懂，需要反复琢磨，由于没有读过原著，不能完整理解作者的真实意图，有的句子理解起来甚至是南辕北辙。所以，读书没有捷径，还得老老实实读原著。

第二，不忘初心。本年已阅读 20 本中外名著，还是与每周一本的计划有差距。此书作者被称为“大师中的大师”“现代管理学之父”，曾获得“总统自由勋章”，符合“读好书”的选书标准，再加上全文仅 187 页，每页平均不到百十字，如果集中时间一俩小时就可以读完，因此是用这本书抵数的。当时的这些想法，是典型的虚荣心作祟，现在再想想觉得可悲可笑可恨。读书是为了明理，不是拿来炫耀的，只有慎终如始，才无败事。

第三，学以致用。年轻时毛病众多，严重的有六疾：傲气、虚荣、自夸、好争、多言、毛躁。如余食赘行，面目可憎。这些年痛定思痛，刮骨疗毒，病情大为好转，但仍有一些病症尚未根治。《论语》云“修齐治平”，“君子敏于行而讷于言”。《道德经》讲：“企者不立；跨者不行。自见者不明；自是者不彰；自伐者无功；自矜者不长……故有道者不处。”苏格拉底说：“我唯一知道的事，就是我什么都不知道。”活着就是修行，继续改造自己。

古人劝学：书中自有千钟粟，书中车马多如簇。突然想到一个问题：如果把六疾都治好了，成为圣人该咋办？

本文是献给自己的礼物，祝不甘平庸的我生日快乐！

2017 年 6 月 16 日

志之所向　无坚不入

《鲁滨孙漂流记》读后感

鲁滨孙为了实现航行遨游世界的愿望，敢于抛弃宁静安逸的中产阶级生活，多次冒险出海，身处绝境而不改初衷。在孤独凄凉的孤岛上，自力更生，战天斗地，凭借着求生的本能和信仰的力量，独自生活了28年，最终战胜了千难万险，成就了精彩的人生。本书给我三点启示。

一是自胜者强。《道德经》云：胜人者有力，自胜者强。鲁滨孙敢于冒险，不满足于现状，有想法就会付诸行动。现实生活中，在理想与现实之间，很多人不敢或不愿打破常规，沉溺于现有的舒适度，缺乏挑战自我的勇气，很多理想最终成为梦想，一辈子遥不可及。曾国藩说："天下古今之庸人，皆以一'惰'字致败。"

二是橄榄型的社会最稳定。中产阶级是最佳的生存状态，不会陷入下层阶层的不幸，不必为了生存的压力受苦受难，甚至丧失尊严；也不会受困于上层阶层的焦虑，不必为了野心而患得患失、丢掉良知。一个橄榄型的组织也是如此,应更多地提升普通员工的收入,适当提升中层干部的收入,逐渐缩小收入的差距,让员工幸福有尊严地活着。

三是孤独与寂寞境界不同。孤独与寂寞是常被连在一起使用的词,二者还是有很大区别的。记得周国平说过:“孤独、寂寞和无聊是三种不同的境界,分别属于精神、感情和事务的层面;只有内心世界丰富的人,对精神与灵魂有着执着追求的人,对人间充满挚爱的人,才可能体验真正的孤独;孤独产生于爱。孤独是高贵的,是内心的思想的充实,寂寞是平庸是感情上的匮乏。”个人以为:孤独是内在的一种感受,是心灵内部缺伴,正如朱自清先生说的“热闹是它们的,我什么也没有”;寂寞则是外在的一种需求,是为心灵从外部找伴。

《格言联璧》说:“志之所趋,无远弗届;穷山距海,不能限也。志之所向,无坚不入;锐兵精甲,不能御也。”

世界那么大,我也想去看看!

2017 年 6 月 23 日

等风来不如追风去

《茶花女》读后感

艺术来源于生活。《茶花女》的故事并非虚构，讲述的就是作者本人与巴黎社交场名妓阿尔丰西娜·普莱西之间的一段荡气回肠的爱情故事。正因如此，作品脉络清晰，人物刻画栩栩如生，特别是对男主人公心理活动的描述细腻深刻，优美的文字中藏着深深的思念，引发读者的共鸣。作者的父亲大仲马流着泪读完了此书。

艺术又区别于生活。作品中的女主人公宁愿忍受屈辱和误解，来成就男主人公的名誉和前程。生活中的原型却因为追求奢侈的生活而抛弃了作者。当阴阳两隔，小仲马满腔的悲哀和愧疚无处诉说，只能付诸笔端，给世人留下一段哀怨感人的故事。

等风来不如追风去。小仲马在一次歌剧演出期间邂逅阿尔丰西娜·普莱西，歌剧结束后小仲马直接找到她的家里，表达了对阿尔丰西娜·普莱西的爱慕，他们之间曾经有过一段缠绵悱恻的时光。这让我想起有位好友，特别喜欢法国，曾经多次去过巴黎。问他为什么，他告诉我说：巴黎被称为浪漫之都，希望邂逅到浪漫的爱情。有次他从法国度假回来，我们几个朋友给他“消毒”，问他邂逅了几段爱情。他神气地拿出一张放大的照片，告诉我们在马赛遇到了至今还念念不忘的一个女孩子。那是一个晴朗的中午，天蓝得像水洗过一样，几朵白云懒洋洋地飘着，马赛港口挤满了各式各样的游艇，他计划乘船去关押铁面人的小岛参观。同行的朋友突然告诉他，有个特别漂亮的姑娘过来了，他转过身去，一个金发美女正搀扶着一位白发苍苍的老太太慢慢走来。她是如此的美丽，那一刻他的心被深深地触动，跳得异常急促，让本来害羞和不善言辞的他，一刹那间爱上了那位姑娘。他用蹩脚的英语，恳请那位姑娘和他合影。照片上的姑娘的确非常漂亮，不输于电影《罗马假日》中的女主角，优雅中透着聪慧，还有一点点的顽皮。朋友告诉我们，在合影期间，他偷偷地观察了那位姑娘，光线洒在她脸上细细的茸毛上，使她看上去像发光的圣洁天使。我们羡慕地追问：后来呢？他神气的脸上马上布满了懊悔，说他恨自己的怯懦和英语的匮乏，没敢跟姑娘表达。酒正喝得高兴，他突然说，等他老的时候，一定再去马赛，通过登报寻找这位姑娘，向他表达他的爱慕之情。朋友们听了都一阵嘘唏。

错过了终究是错过了，剩下的只有美好的回忆……

2017 年 6 月 29 日

美好的时光

《纯真年代》读后感

《纯真年代》是伊迪丝·华顿的一部巅峰作品，描写了年轻的律师纽兰·阿切尔和未婚妻梅·韦兰、梅的表姐埃伦·奥兰斯卡伯爵夫人的情感纠葛。19 世纪末至 20 世纪初，美国正处于社会转型期，“老纽约”人依然固守着传统，女性没有自由，扮演着男人附属品的角色。善良的埃伦崇尚自由，宁肯放弃爵位和丰厚的财产，也要和荒淫无度的伯爵离婚，因此遭到了整个上流社会的抛弃。在与阿切尔无望的爱情中，埃伦选择流落异乡，以成全阿切尔和表妹的婚姻。曲终人散，留下的只是阿切尔孤独的背影。

作者出身于富贵之家，非常熟悉上流社会复杂的习俗和礼仪，人物刻画得入木三分。梅的生活由传统塑造，没有个性，更像是模子里刻出来的，代表着稳定和忠诚；埃伦由姨妈带大，在欧洲四处漂泊，蔑视上流社会的规则，象征着自由和平等；阿切尔在对梅的责任与对埃伦的爱之间痛苦地寻找着平衡。梅和艾伦就像张爱玲笔下的红玫瑰与白玫瑰：也许每一个男子都有过这样的两个女人，娶了红玫瑰，久而久之，红的变成墙上的一抹蚊子血，白的还是“床前明月光”；娶了白玫瑰，白的便是衣服上的一粒饭粘子，红的却是心口上的一颗朱砂痣。

一部好的作品留给我们的启示：它不仅仅是鸟儿欢愉的飞翔，它是忧伤的天空，无边无际。其实所谓最美好的时光也是最痛苦的，只是后来回忆的时候才那么幸福！

世界这么大，人生这么长，总会有这么一个人，让你想要温柔地对待。

2017 年 7 月 4 日

去伪存真终获自由

《白说》读后感

作者将跨度十年间的讲话整理成册，没有说教，没有官话，仿佛是面对面与读者聊天，轻松自然，很值得年轻人阅读。由于年龄相仿，我对作者的心路历程感同身受，也坚定了自己把读后感集结成册的想法。

说话是门艺术。作者是新闻工作者，公众人物，讲话很有分寸。由于工作性质，我也要经常在不同场合说话，有些基本原则不能丢：

一是不说假话。记得我曾和班子成员、中层干部聊过这个话题：不要说假话。说一句假话，你需要十句、百句话去圆，而且还要永远记着，如果哪天说漏嘴了，就会失去别人对你的信任，经常说假话的人活得很累。特别提醒班子成员，有话放到桌面上说。

二是真话不全说。“良药苦口，忠言逆耳”；讲真话也要分清对象，可与言而不与之言，失人；不可与言而与之言，失言……孔子说:“言未及之而言谓之躁,言及之而不言谓之隐,未见颜色而言谓之瞽。”说明讲话的时机也很重要。同时,讲话一定要带着善意,注意分寸,谁都不是傻子,听得出好赖话。只要真心为对方考虑,即便当时不理解,事后想通了,对方也会感激你的。

白岩松成立了“东西联大”,每个学校推荐两名学生,由他带着读书学习。我也带了一个读书小组,取名叫“匠人精神”,成员有十几个人,每周二雷打不动地聚在一起分享读书心得。好友说我“脑子进水了、吃饱撑的、有病”等诸如此类的话,不理解的大有人在。现在很多年轻人心态浮躁,到单位工作后,像蘑菇一样野蛮生长、自由生长,很容易长歪,甚至成为毒蘑菇。银行系统发生的惊天大案都是员工职业道德出了问题,给单位造成不可估量的损失。人对了,世界才不会错。通过带着他们读书,让年轻人躁动的心静下来,少走些弯路,成长得更健康,这是管理者必须做而且要做好的事。我们走着走着就忘了初心,多些“功成不必在我”的心态你就理解了。而且我也是读书的受益者,养成了阅读的好习惯,提高了文学素养。给员工讲课,自己需要提前备课,查阅各种资料,你得有一桶水,才能让他们收获一瓢水吧。

“匠人精神”班已经一年了,52 个读书的夜晚,满满的都是甜美的回忆。学员即将“毕业”,看了他们写的毕业感言,着实令我感动,付出总会有回报。我又带了一个“钉钉子精神”班,有三十多个人,都是些很棒的年轻人。新的学习即将开始,期待与他们共同成长。

梁漱溟先生曾说过:人这一生总要解决三大关系,而且顺序是不能错的。先要解决人与物之间的关系,然后要解决人与人之间的关系,最后一定要解决人与内心之间的关系。我已经到了快知天命的年纪,现在更多时候的状态是:反观内省,去伪存真,返璞归真,温柔善良,终获自由。

2017 年 7 月 19 日

人间有味是清欢

《无宠不惊过一生》读后感

丰子恺先生的散文，童心未泯、淡而有味，妙手偶得、浑然天成，透露着“自然”之理，正像先生的画“多样的统一”，半甜半苦，半喜半悲，将“人生的滋味”原汁原味、从从容容地尝了个遍。

你简单，生活常常很简单，你复杂，世界往往很复杂。是简单或是复杂，全在一念之间。生命不是比较，不是战胜，而是接纳和完善。学习如何与自己相处，如何与孤独和解，如何与时间为伴，是人生的必修课，而且它如同养分，对人的滋养，是缓慢渗透的。

缘来则聚，三五好友，把酒临风，或低语或豪迈；缘去则散，挥一挥手，不带走一片云彩。正如先生所言：不乱于心，不困于情，不畏将来，不念过往。如此，安好！

2017 年 7 月 21 日

天下第一等好事还是读书

《我的路》读后感

老婆陪着老人、孩子到山里度夏。闲来无事，泡在家对面的咖啡馆里，每次点上一杯红茶，选在同一个靠窗的位置，或坐或躺，细细地阅读季老的《我的路》，颇有“躲进小楼成一统，管他冬夏与春秋”的味道。

《我的路》讲述了季羡林老先生不平凡的人生经历和情感世界，勾勒出一幅近百年来中国知识分子历程的恢宏画卷。先生是语言大师，但读他的文章没有华丽的辞藻，通俗易懂，让读者在阅读的过程中知道文章不是华丽的堆砌，是字词在对的时间和空间里的正确表达，是真情实感的自然流露，是李渔的“人间有味是清欢”。

动荡岁月造就大师。鲁迅、周作人、郭沫若、齐白石、梁启超、王国维、陈寅恪、朱自清、傅雷、吴宓、金岳霖、朱光潜、闻一多、冯友兰、丰子恺、徐悲鸿、林语堂、胡适之、汤用彤等，声名显赫，群星闪耀，光被四表，真性情真高傲真才实学。中国20世纪30年代形成了一个学术派别，名叫“吾师派”，先生们潜心治学，著书立说，授业解惑，传承中国优秀的传统文化，创造了中国历史第二个文艺百花齐放、百家争鸣的时代。改革开放四十年，大款越来越多，大师却不见了。

季老曾言：天下第一等好事还是读书。好书都是作者的生命体验，用心揣摩，也可以得到相同的精神体悟。书籍乃世人积累智慧之长明灯，读书是福啊！

2017年7月22日

好好说话

《一句顶一万句》读后感

本书描写的是“说话”的事，吴摩西为了寻找唯一能“说得上话”的养女，走出延津，吴摩西养女的儿子牛爱国，同样为摆脱孤独，寻找“能说得上话”的章楚红，走进延津。这一出一进，跌宕百年，物是人非，令人嘘唏。

说话是门学问。《红楼梦》里讲“世事洞明皆学问，人情练达即文章”，有人的地方就有江湖，难免与各色人等打交道，打交道就得交流，会说话的，朋友也交了，事办得也顺利；说不好的，难免磕磕碰碰，甚至反目成仇。有些误会也是话赶话或以讹传讹，想解释也解释不清，还有些情况，你都不知道什么事，对方却与你渐行渐远，搞得你一头雾水。中国人错误理解了“中庸”之道，有话老藏着，让你猜，活得累也是这个原因占了很大一部分。

其实，累不累还在自己，你简单世界就简单。老活在别人的眼睛里，天天琢磨别人怎么看自己，老陷在过去的事或想哪句话说得不合适，当然会很累。得学会往前看，日子是过以后，不是过从前；得学会独处，庄子说“独有之人，是谓至贵”，学会和自己相处，别拧巴着，你是什么样的人就是什么样的人。活得简单点，把人做好了，把身立正了，把事做对了，至于结果，尽人事听天命。

老子说“多言数穷，不如守中”，深以为然。

2017 年 7 月 28 日

斯人已逝　生者如斯

《西南联大行思录》读后感

辉煌往往与苦难相伴，只有历经苦难、百折不挠，才能凤凰涅槃、浴火重生。1937 年 7 月 7 日，日本帝国主义制造卢沟桥事变，悍然发动侵华战争，北平不久沦陷。北大、清华、南开三所大学被迫南渡，历经千难万险才抵达昆明。为培养国家精英人才，三校联合成立“国立西南联合大学”，师生冒着日寇飞机的轰炸，通过“读书救国”积蓄抗日力量。在战火纷飞的岁月里，在条件极端艰苦的情况下，短短的 9 年时间里，西南联大为中华民族培养出了 8 位“两弹一星”元勋、172 位中国科学院和中国工程院院士、2 位诺贝尔奖得主，成为世界教育史的奇迹。

梅贻琦校长说：“大学之大，非大楼之谓，乃大师之谓也。”西南联大由闻一多、朱自清、陈寅恪、冯友兰、吴宓、潘光旦、吴有训等等顶级大师为学生授课。先生们以天下为己任，捍卫良知，学贯中西、治学严谨，不畏强权、追求真理，展示了“士人”品格，更是为后人树立了不朽的丰碑。

西南联大的自强不息、兼容并包、科学与民主,集中华民族“国粹”之大成。斯人已逝,生者当如斯,历史是一面镜子,莘莘学子无论学什么专业,最重要的角色是做“人”,培养健全的人格才是大学之根本。正如陈寅恪先生所说:“独立之精神、自由的思想,历千万祀,与天壤而同久,共三光而永光!”

2017年8月4日

文章千古事　得失寸心知

《傅雷家书》读后感

中国有两本家书持续畅销，一本是《曾国藩家书》，另一本就是《傅雷家书》。比较两本家书，既有不同，根子里却是一致的。曾国藩给家人的信里，更多的是在说教、定规矩，谈的内容非常广泛；傅雷给儿子傅聪的信中有说教的成分，民主的氛围更浓些，有时仿佛是朋友间谈心，内容主要集中在艺术方面。两本家书的出发点和落脚点又是相同的，来源于儒家思想，都是在谈“如何做人”这一根本命题。傅雷给儿子的信中多次提到“不失赤子之心……先为人，次为艺术家，再为音乐家，终为钢琴家。真诚是第一把艺术的钥匙，真诚是需要很大的勇气作后盾的。所以，做艺术家先要学做人”等等。正是傅雷先生的言传身教，傅聪刻苦努力，最后成为世界著名钢琴演奏家，有“钢琴诗人”之美誉。

最美的字句都出自自然。本书文字平实朴素、情感热烈细腻，扑面而来的是浓浓的爱子之情，令读者兴起万端的感慨，久久不肯散去。王国维在《人间词话》中讲:境非独谓景物也,喜怒哀乐亦人心中之一境界;故能写真景物真感情者,谓之有境界。

正所谓:文章千古事,得失寸心知!

2017年8月11日

呼唤大师

《往事偶记》读后感

陈岱孙是中国经济学一代宗师。1900年出生于一个官宦世家,4岁开蒙,上过9年私塾,熟读经、史、子、集,打下了扎实的国学功底;15岁时入“洋学堂”就读,连续跳级,20岁到美国留学,终获哈佛大学经济学博士学位;30岁学成归国,先后到清华、西南联大、北大任教,经历过溥仪退位、军阀混战、抗日战争、解放战争、新中国成立后的各种运动和改革开放,跨越了近百年的历史。

本书收录了陈岱孙先生23篇佳作,每章篇幅不是很长,沿着时间脉络,描写了1949年前作者所经历的事情,对读者更全面、准确地了解清华大学、西南联大等那段历史不无裨益。

近段时期,有意识地集中阅读季羡林、丰子恺、陈岱孙、杨绛等大师的作品。先生们栉风沐雨、薪火相传、筚路蓝缕、玉汝于成,带给我们的精神传承如源源不断的活水,常有日新之境。

2017年8月13日

前事不忘　后事之师

《思痛录》读后感

韦君宜，原名魏蓁一，出生于北京一个优渥的家庭，父亲是清朝末年最早一批的赴日留学生，追随孙中山先生参加革命。面对日本帝国主义的侵略和国民党政府的软弱，在清华大学求学的韦君宜放弃留学机会，毅然参加"一二·九"运动，投身于革命事业；中华人民共和国成立后，一直从事文化宣传工作。本书记录了1942年"抢救运动"至"文革"结束期间，作者及家人在历次运动中的"困苦"境遇，为全面、客观认识那段历史，提供了不同视角。

历史是在曲折中前进的，人对自然、社会、科技、文化等规律的认识，也是在实践中不断深化的。历史是一面镜子，可以正衣冠、明得失、知兴替。历史不会被忘记，也不应该被忘记。只有正确对待历史，才能早日卸下历史包袱，向着正确的方向轻装前进。

前事不忘，后事之师！

2017年8月19日

无宠不惊过一生

《洗澡之后》读后感

本书成因殊为可笑。杨绛先生发表长篇小说《洗澡》,一名读者来信质疑作者笔下主人公许彦成、姚宓的纯洁友谊,认为他们之间关系属于偷情。杨绛先生担心后人胡乱写续,违背作者的真实意图,于百岁之年又写了《洗澡之后》,算是为故事“敲钉转脚”。

《洗澡之后》属于中篇小说,满怀期待地用了三个多小时读完,却有味同嚼蜡之感。回忆起阅读《洗澡》时的惊喜,本书故事没有转折、起伏,情节简单,文字呆板,更像是为了给读者一个交代,平铺直叙告诉一个结果。

突然间,厌恶起那个去信的读者。因为他的心理肮脏,促使一位百岁老人重新拿笔捍卫良知,其心可诛。想起了王阳明临终的话:我心光明,夫复何言? 有人说好人吃亏,其实不然。“天道无亲,常与善人。”做老实人,说老实话,办老实事,无宠不惊过一生,挺好!

2017 年 8 月 20 日

差之毫厘　失之千里

《人间词话》读后感

“词以境界为最上。有境界则自成高格，自有名句。”诗词如此，文章亦复如此。

王国维先生在《人间词话》中说：“古今之成大事业、大学问者，必须经过三种之境界：‘昨夜西风凋碧树。独上高楼，望尽天涯路。’此第一境也。‘衣带渐宽终不悔，为伊消得人憔悴。’此第二境也。‘众里寻他千百度，蓦然回首，那人却在，灯火阑珊处。’此第三境也。”

回忆我的读后感写作历程，也可以清晰地划分出三个层次。第一个层次是从《匠人精神》至《周恩来传》，读的多是名人传记，往往和工作去关联，颇牵强附会之意；第二个层次是从《我们仨》至《洗澡之后》，广泛涉猎中外名著，寸积铢累、跬步千里的阶段；第三个层次始于“钉钉子精神”座谈会讲话，及《杭州植物园游记》《灵隐问禅》《给果儿的家书》几篇文章，内心观照，借景咏志，抒发真意,一气呵成。自此文章始有了境界,从量变到质变。“关前”思而不得,陷于困境,不可谓不痛苦,犹历历在目,宛如昨日。

2017年9月2日

儿时的记忆

《筒子楼的故事》读后感

这是一本闲书，记录了北大中文系二十余位教师在筒子楼学习生活的点点滴滴。那些苦涩而有趣的桥段，不禁让我回想起小时候。

打小记事起，家里住的是排房式的平房，两排房子门对门，相隔约三米宽，算是个“准筒子楼”。中间有个共用的石砌的池子，铁管子两头各接了一个水龙头。大人们有说有笑地洗衣服、洗菜，孩子们打水仗、洗脸时也闹得挺欢。我家就住在正对着水池的地方，屋子很小，用墙隔出个很小的房间，算下来不够站三人的，平时用于做饭，煤球靠墙码得高高平平的，搭上个板子放些做饭用的家伙什儿。偌大的厂区家属院住着二三百户人家，仅有一个公厕，早上如厕需要排队。

那时候，院里住的人手头都不宽余，没有钱给孩子们买玩具，有个周姓的大哥哥刻了把木头手枪，邻里的孩子们争着抢，我没有争到,为此还哭了鼻子。记得清楚的还有几件,一个是每到晚上开饭的时候,我总是端着碗跑到马老师家门口,蹲在地上吃。有次马老师的爱人开玩笑说我把他们家给吃穷了,我就不好意思再去了,所以才记得这事。其实是因为马老师和夫人都是学校的老师,为人和善,我很喜欢和他们亲近。还有一个是换了个大点儿的房子,搬家到斜对面,旁边的邻居大伯喜欢喝茶,每到夏秋傍晚时分,总是拿着竹椅和一个四方的小凳子,坐在门口边扇扇子边喝茶,我就有模有样学着做,至今想起来仍忍俊不禁。最惨痛的一件事,是和一对兄弟玩瓢纸,就是药瓶上贴的商标,放在墙上指定位置,然后放手让纸瓢下来,谁的远就把对方的收走。玩着玩着,就和他们兄弟俩打起来了,我吃了些亏,反而被他们父母告到家里。在这儿多说几句,他们家跟我们家争过房子。母亲分到了一间稍大些的房子,我们仨都特别高兴,帮着母亲拖地擦桌子搬家具,我还在缝纫机下"躲猫猫"。第二天早上,醒来发现他们也把家具搬进来了,把我们吓坏了。我父亲在部队,常年不在家,他们是来占房子的。后来单位出面解决了此事,我们才安心地住了下来,也许因此结了怨。巧得很,我们打架的时候,正好父亲探亲回来,为这个事把我一顿好揍,棍子都断了三截。屁股被打得很痛,手下意识地去挡挥来的棍子,手腕被揍得骨裂,至今还心有余悸。

后来母亲单位盖楼,我们第二次搬家,住上了楼房。家对面也盖起来两座筒子楼，分给工龄稍短些的职工。放学后，我也经常去那儿，楼里住着班主任周老师，圆圆的脸，眼睛大大的，梳着长长的辫子，一笑俩酒窝，可好看了，我们班的同学都很喜欢周老师。周老师结婚的时候，我难过了好长时间。楼里也有小学同学，小伙伴们经常楼上楼下地跑着玩。其中一座共有三层楼，西边和中间各有一个楼梯，即便是白天，家家都关着门，楼道里黑黑的，每家门口放着做饭和冬天取暖用的小铁炉子，旁边堆满了煤球和乱七八糟的东西。三层楼上有个大大长长的阳台，我们常到那里拍画片、弹玻璃球或写作业，有时候也会扒着四五十厘米高的墙，看院外街道上菜贩起劲地吆喝着。

日子离得太久了，那些懵懂年龄的经历，记忆中残存的只是些片段。今天拎出来，算是对发小和敬爱的周老师的一点儿纪念。生活里不经意发生的事情，也许是最为真切动人的。回想起来，那时虽然世道艰困，但院里弥漫着浓郁的生活气息和温暖的人情味。

回忆这东西很奇怪，很多时候你觉得都好久了，记不起来了，可是不经意间的一碰触，它就像开闸的洪水一样奔涌而来，夹杂着最初的那份快乐，也夹杂着无限感慨，那些人的长相业已模糊，但那种感觉却铭刻在心。

2017 年 9 月 8 日

文化自信

《经典常谈》读后感

这是一本读经宝典，是朱自清先生“究天人之际，通古今之变，成一家之言”的大成之作。先生将《说文解字》《周易》《尚书》《诗经》《春秋》《战国策》《史记》《汉书》等中国古代经典的来龙去脉，娓娓道来。当代读经的越来越少，近代效仿西学，国学渐渐湮没；加之生僻字较多，晦涩难懂，且随着时代变迁，文字的含义差别很大，以现在的字意去理解，常常南辕北辙，令读者望而生畏，敬而远之。这部导论，对读者系统地了解中国古典哲学和精神文化传承，是非常有用的。

这是一部内含先生“国士”精神的作品，成书于 1942 年 2 月。那是抗日战火纷飞的年代，物质极度匮乏，史料严重缺失，面对日本帝国主义飞机的持续轰炸，生存都没有保障。在如此艰困的环境下，朱自清先生一面在西南联大教书育人，一面埋头治学。正是像先生那样的一大批“国士”，克服了种种困难，以其扎实的功底、仔细的考证和自由之精神、独立之思想，传道授业解惑，著书立说。这种精神更值得传承。

人还是要有点精神的。周文王身陷囹圄作《周易》，孔夫子不能行道而修《春秋》，司马迁被宫刑著《史记》，班固受打击却二十年废寝忘食撰《汉书》，屈原遭放逐写下了千古传诵的《离骚》。正是艰难困苦，玉汝于成！

经典是中华民族知识体系的根基，是我们精神世界的家园，阅读经典不但使我们知道从哪里来，也能指引我们往哪里去。四大文明古国中，唯一没有断代的只有中国。坚定文化自信，我们应该有这个底气。

2017年9月13日

季子平安否

《巨流河》读后感

《巨流河》是一部自传体的文学作品。齐邦媛女士从波澜壮阔的巨流河写起,历经许多冲撞和曲折,生命之河流至波澜不惊的台湾哑口海。从喧嚣到平静,时间跨越了八十余年,见证了大半个世纪的中国和台湾史。王德威评价本书"如此悲伤,如此愉悦,如此特别"。

"九一八"事变,日本帝国主义的铁蹄踏裂中国大地。作者在髫龄之年,远离乡井,拖着羸弱的身体,颠沛流亡了大半个中国,山河寸寸血泪,记录了日本帝国主义犯下的不可饶恕的罪行。即使在那最晦暗的岁月,中国依然弦歌不辍,教育和救国紧密地联系在一起,启迪着一颗颗年轻的心灵:中国不亡,有我!抗战胜利后,作者漂洋过海,到台湾大学教书,同从大陆流亡过去的二百万军人和家属一样远离故土,落地生根,但思乡之情依然魂牵梦绕。

人生是一段来了又走的旅程。顾贞观《金缕曲》言:"季子平安否？便归来，平生万事，那堪回首。”人生如白驹过隙，愿岁月静好，花香满衣！

2017 年 9 月 24 日

广阔天地 大有作为

《乡土中国》读后感

抗日战争时期,作者在西南联大教书,深入边远山区,了解农村社会现状,撰写了14篇论文,于1947年汇集成册。战争迫使作者从封闭的象牙塔里走了出来,融入乡土社会当中,掌握了第一手资料,有了这篇接“土”气的文章。

由于从小生活在城市,我对农村缺乏基本的了解,所以书中很多观点没有想明白,就仔细地读了两遍,对照着日常工作,一字一句地揣摩。当今中国,农村社会与70年前发生了巨大变化。两亿多的农民脱离了“面朝黄土背朝天”的农耕生活,身份变成了农民工,许多已在城市落户。但由于农村社会的乡土本色,社会转型缓慢且时间跨度长,书中提出的许多现象,至今仍有脉络可循。

邮储银行实施差异化的市场定位,即服务“三农”、服务小微、服务社区。这既是国务院对邮储银行的要求,也和邮储银行机构遍布城乡的基因有关,更是银行差异化竞争的需要。从城市市场竞争力来讲，无论是理念、产品、风控、科技和品牌知名度，邮储银行和国有商业银行还存在一定的差距。商业银行往往从成本管理、风险管控和价值最大化考量，将机构布局在经济资源集聚的城市，投入重兵跑马圈地，而农村金融机构寥寥无几，农民金融产品可得性远远低于城市，这就给邮储银行留下了广阔的蓝海。要做好农村市场，就要了解农村社会，研究农民生活和农业生产的规律，配置合理的资源和适应的产品，满足“三农”发展的需要，银行也才能获得商业可持续发展。这本书对如何做好农村金融工作不无裨益。

无农不稳。中央一号文件连续十四年部署“三农”工作，财政对农村转移支付力度逐年加大，随着农村供给侧改革的推进，农村金融市场天地广阔，大有可为，大有作为！

2017年9月27日

愿以青春献祖国

《西潮》读后感

作者蒋梦麟先生出生于清朝末年余姚一个乡绅之家，蒋父勤俭节约、诚实待人、乐善好施、民主开明，一心一意让三个孩子受现代教育。家庭影响往往起着决定性的作用，蒋梦麟先生五岁入私塾启蒙，后到中西学堂、教会学校接受西式教育，考入浙江高等学堂（浙江大学前身）、南洋公学（交通大学前身），又在美国攻读教育学博士，回国后曾跟随孙中山先生工作，民国时期担任过教育部长、北大校长等职。这是一部沿着时间脉络记述作者人生经历的文学作品，有点像自传、回忆录，或者就是一部中国近代史。

中国历史上有两次大的中外文化交融，对中国传统文化和历史进程产生了深远的影响。第一次是在唐朝年间，佛教以文明、渐进的方式，自古印度传入中国，与儒学、道教等取长补短，演化成汉传佛教，名山当中都可见到寺庙，成为宝贵的历史文化遗产；第二次是近代发生的，1840 年鸦片战争爆发，英国等列强用坚船利炮，轰开了封闭的大清国门，西方文明开始由沿海通商口岸，迅速传到了内陆,中西方文化发生激烈碰撞。国内一批有识之士,积极探索救国图强道路,肩负起探究西方文化和继承中国文化的双重使命,他们学成归来,引入西方先进的理念、制度、教育、现代工业等。回过头来看中国近代史,西方文化是伴随着枪炮硬生生地闯了进来,国人被迫接受的过程很痛苦,但也奠定了中国现代化的进程。

古希腊哲学研究人与物的关系,注重逻辑,强调格物,奠定了西方文化的根基;古印度佛学研究的是人与神的关系,剖析宇宙现象、人生真相,示导如何解脱以达究竟安乐之法门;儒家研究的是人与人的关系,讲究修齐治平,集中在伦理关系。每一种文化都有其内在逻辑和历史沿革,只有中国文化将三者完美地融合。究其根本,中国人民自古讲“忠”“恕”,中国文化博大精深、兼容并蓄。

人常说:文如其人。本书语言平实,内容翔实,对读者从一个侧面了解中国近代史很有价值。特别是第七部分,作者将中国文化与日本、西方文化进行比较,鞭辟入里,尤值得读者深思。作者一路的风风雨雨,于人于事最多的是感慨,汇集成文字之巨石,投掷在历史的长河中,泛起美丽的浪花呈现于后人。想起巴金先生翻译的一句话:我们的青春就留在青山的那一边,可现在它到哪儿去了呢?

他们的青春悲喜献给了国家,留下了印迹。

2017 年 10 月 6 日

铭记历史

《苦难辉煌》读后感

本书详细介绍了中国共产党诞生至西安事变17年间艰难曲折的发展历程,对辩证、历史、唯物、全面地了解党史、军史,提供了大量翔实的资料。今天读起这些往事,脑海呈现的是党的理论从脱离实际、照搬照抄到实事求是、日渐成熟的伟大实践,眼前展开的是二万五千里长征中红军战士爬雪山、过草地、四渡赤水、金沙拍岸、大渡桥横的恢宏画卷,耳边响起红军战士抛头颅洒热血,前赴后继闯过一道道生死关的冲锋号角。不经事不知事艰,不历事不晓事难。每天生与死、血与火的考验,胆小者、畏难者、意志不坚定者退却了,勇敢者、无畏者、志坚者留下来,成为英雄,创造了历史。

这个世界从来就没有救世主。十月革命一声炮响,给中国送来了马列主义,但马列主义如何解救经济落后的半封建半殖民地的中国?当时,中国共产党只是共产国际的一个支部,早期的领袖选定必须经过莫斯科批准。我党早期的领导人陈独秀、李立三曾先后做过独立自主的探索,都以失败告终,只有毛泽东同志为中国革命开辟了独立发展道路。这个道路不是在鲜花、掌声和敲锣打鼓中自然而然就有的，是中国人民在中国共产党的坚强领导下，通过艰苦卓绝的革命斗争争取的，是无数先烈用鲜血和生命换来的。中国共产党领导中国革命不是共产国际的选择，而是历史的选择，是中国人民的选择。陈独秀经常念叨的一句话是“中国革命应由中国人自己来领导”，言犹在耳。

“苦难辉煌”这四个字，是对中国近现代史的最佳概括。九十六年来，中国共产党历经磨难，其间有迷茫也有坚定，有失败也有胜利。在伟大的历史征程中，我们党始终不忘初心，砥砺奋进，带领中国人民自力更生、艰苦奋斗，中国人民实现了从站起来、富起来到强起来，走向辉煌！

今天，党的十九大胜利闭幕，中国特色社会主义迈入新时代，这是历史发展的新方位。习近平总书记的报告，指明了前进的方向，吹响了新征程的号角，作为一名共产党员，我庆幸自己是新时代的见证者、参与者。让我们紧密团结在以习近平同志为核心的党中央周围，不忘初心，牢记使命，高举中国特色社会主义伟大旗帜，决胜全面建成小康社会，夺取新时代中国特色社会主义伟大胜利，为实现中华民族伟大复兴的中国梦不懈奋斗！

2017年10月24日

人间正道是沧桑

《牛棚杂忆》读后感

这是一部自传体的小说。作者季羡林先生以对历史的担当，将“十年浩劫”期间在“牛棚”遭遇的身体和精神的折磨，勇敢地端了出来，刻画成了一面镜子，供后人常来照照。季先生生前曾被称为“国宝”，难以想象在“文革”期间，先生无法忍受痛苦的折磨，计划自杀的当天突然被“革命小将”拉去“斗鬼”，没有步成老舍先生的后尘，这才有了后来八百万字的译著，为人类精神文明留下了宝贵的财富。本书内容触目惊心，令人瞠目结舌，诙谐的文字背后藏着深深的痛苦。

生活就是生下来、活下去。那是善与恶、美与丑、真理与谬误、理性与感性、文明与野蛮颠倒黑白的十年，那是人性与兽性斗争的荒唐岁月，民主与法制遭到践踏，生命与尊严没有保障，死是很容易的，活下来需要更大的勇气！

人间正道是沧桑。人类社会在曲折中前行，对社会主义民主政治规律的认识，也是在不断探索和实践中日臻完善。党的十九大提出建设富强、民主、文明、和谐、美丽的社会主义现代化国家，习近平新时代中国特色社会主义思想写进党章，这是马克思主义中国化的最新成果，是全党之幸、国家之幸、人民之幸。

读一本书像沿着时间的幽径在行走，唤起我们亲切的联想，一步一步，从清晨到黄昏，从过去到现在。先生们在传播文化时，大概都忘了庄子“薪尽而火传”的寓言，只要有火种传下去，木柴难道真的化为乌有了吗？

历史是一面镜子，前事不忘，后事之师！

2017年10月30日

正道惟艰

《高老头》读后感

高里奥的爱是崇高的,女儿的幸福比自身更重要,为两个女儿做牛做马,自己过着拮据的生活;高里奥的爱也是可悲的,不停满足孩子的物质需求,缺了伦理道德的培养,以至于孤独终老时,孩子们忙着参加聚会而不是父亲的葬礼。中医有红乳的说法。说的是乳汁是由血液转化的,一个孩子要喝掉母亲500斤红乳。对新闻里、电视上报道的不孝顺的事情,想不通、看不惯。如果连对父母都不孝顺,他会对谁忠诚?这样的人不值得信任,更不能委以重任。

人都有两面性,在社会性的面具下面,无声无息潜伏着撒旦,分散在血液里、身体里看不见的角落。平时你见不到他,好像他从来就和你不沾边,心的世界一片阳光,觉得自己是个高尚的人,一个脱离了低级趣味的人,一个有益于他人的人。我们从来不担心,觉得自己和撒旦绝缘,甚至想:来了也不怕,战而必胜的信心从未动摇过。可当遇到权力、金钱、美色、生死等的诱惑,他从血液里、身体里瞬间聚合成魔鬼,跳将出来,充斥着你的大脑,抢占着你的精神,指挥着你的身体,考验着你的良知。我们才发现,战胜别人容易,战胜自己真难。面对小的诱惑时的坚定,不是我们抵抗力多强,而是背叛的成本太低,人类高估了自己的控制力。一个男士可以给女士开门,请女士先走,面临职位竞争的时候,谁也不肯落在后头。“你的胜利就是我的失败”的想法,甚至会让人疯狂。

中国哲学思想都强调修身。先哲们也遇到过同样的考验,他们也犯过错误,受到过教训,付出过代价。到了折腾不动的年龄,才静下心来回顾,告诫年轻人不要犯错。孔子提出了“三戒”,即少年戒色、壮年戒斗,老年戒得。可一代又一代,人们依然重复着昨天的故事。如果人类倒着活,会是什么样呢?

道德可以弥补文化的缺陷,而文化却填补不了道德的空白!亚里士多德所言:放纵自己的欲望是最大的祸害,欲望太多,追求奢华,只会让我们的生活更加“艰难”。表面的繁华与惬意的背后,其实是烦恼、欲壑难填的苦恼,以及痛苦。一时的欢愉要用长期的痛苦来补偿。拉涅斯蒂的母亲写给儿子的信里有这样一段话:邪门歪道无法成大事。谆谆教导儿子走正道,可正道惟艰,拉涅斯蒂抛弃良知,选择了“捷径”成功。你又会怎么选呢?

2017 年 11 月 04 日

一念成佛　一念成魔

《忏悔录》读后感

卢梭一生命运多舛，生前居无定所、遭人唾弃、穷困潦倒；死后葬于巴黎先贤祠，受到世人膜拜，被西方称为“自由的奠基人”。

卢梭是个孤独的斗士。在他愤世嫉俗、郁郁寡欢、偏执木讷的性格里，藏着的是一颗高傲、敏感、热烈、多情、温柔、细腻的心。在社交场合，他不善言辞、精神紧张、爱憎分明，真实到透明，人际交往存在严重障碍。而对喜欢的事情，却如痴如狂，有股子魔劲，向往大自然，活在自己的世界里。

人性是复杂的、矛盾的。佛家说：一念成佛，一念成魔，指的是佛性和魔性同存人心，造就人性。破山中贼易，破心中贼难。人都是利己的，对微小的诱惑听之任之，久而久之，便觉得心安理得，不知不觉陷入危险境地。儒家讲：大人小心，圣贤庸行。人字虽然只有简单的两笔，却要用一辈子来书写。现在的你，是过往的集合，一个人得隐藏多少秘密，才能巧妙地度过这一生？

胜利者是不受指责的。世界是残酷的,没错,这就是我们生活的世界。人们为义务和道德做出牺牲是不容易的,内心深处则因留下温馨回忆而得到补偿。

最大的敌人是自己,最高贵的品质是善良。心是一块田,快乐自己种。愿每一个善良的人,都能被世界温柔以待!

2017 年 11 月 25 日

爱与尊严

《简·爱》读后感

简妮特不是个让人一眼就喜欢上的姑娘，甚至谈不上漂亮。个子不高的她，身上有着安静、善良、聪明、独立、可爱、坚定的力量。她平时话不多，谈话很善于把握时机，语言机智、精炼、有独创性，让周围的人感到舒服。这些优秀的特质，吸引着年长、富足、强壮的罗切斯特和同龄、帅气、有才华的圣·约翰。

幸福的婚姻都是相似的，不幸的婚姻各有各的不幸。罗切斯特为了金钱、地位，迎娶了一位家财丰厚的美貌姑娘，可妻子的背叛和精神疾病，一直困扰着他，他过着逃避和放荡的生活。圣·约翰献身宗教，一直躲避着美丽、优雅、迷人的罗莎蒙德的追求，为了心中神圣的目标，殚精竭虑，不辞辛劳，直至殉道。

懊悔是生活的毒药。简妮特爱罗切斯特，他是她喜欢的第一个男人，和他在一起时，她就像是个孩子，放松恣意；简妮特也爱约翰，为他的善良、才华和执着深深着迷，也时时担心在他面前说错话，搞得精神紧张，小心翼翼。一个是亲情，一个是爱情，向左还是向右，简妮特在痛苦中徘徊挣扎。当灾难降临，失明、残疾的罗切斯特牢牢抓住了简妮特，孤傲的约翰却远离故土，客死他乡。我们既不能谴责罗切斯特以爱的名义的自私，也不必盛赞约翰以成全名义的宽容，毕竟爱情是两个人的事情，是两个人的选择。

人生的终点不是死亡，而是遗忘。珍藏的希望、愿望和感情破灭，心如死灰，世界一片漆黑。朋友，请不要难过，时间是治疗心灵伤痛的良药，理智终会走上前来。要相信：当你原谅一切的时候，会发现自己活得干干净净。你并没有失去什么，只是放过了自己罢了。

剧情已经谢幕，但生活才刚开始！

2017 年 12 月 3 日

灵魂的孤独者

《变形记》读后感

这是由弗朗茨·卡夫卡的二十篇短文汇集成的小说。开始阅读的时候，感觉怪怪的，内容荒诞离奇，不知其所以然，有了换书的想法，“一书未完，不翻他书”的习惯还是让我坚持了下来，才没有错过这部伟大的作品。

每个短文之间看似是独立的，人物、事件、地点之间没有必然的联系，可仔细琢磨，中间有一条线把各个作品串联起来，那就是作者运用寓言式的手法，对社会中的丑陋现象进行了无情鞭挞，极尽讽刺之能事。《变形记》里藏着的是作者绝对的孤独；《流放岛见闻》批评的是统治者对殖民地人民的残暴；《法律门前》讽刺法律只是用来装点门面的，穷人永远进不去；《乡村医生》暗指乡村医生获得的不公正待遇和所处的悲催境地；《饥饿艺术家》使读者想到了“人吃人”，没有人去关注穷人，他们瘦不是因为喜欢瘦，而是没有东西吃；《猎人格拉斯库》中格拉斯库的孤魂无处安放，四处流浪，随着冥界深处吹来的风继续漂泊；《马戏团顶层楼座之上》中的来客有着人生如戏的感悟，在不知不觉中哭泣；《致某研究院的报告》影射为了出路而放弃自由的痛苦；《先帝遗诏》中人们冲不出自己设下的重重障碍，只能坐在窗前等着梦想来临；等等。文章虽然短小，却富含哲理，发人深思。

每个伟大的作者，都是灵魂的孤独者，他们对生活、对社会有着更深层次的感悟，文字让其人性的光辉发亮到极致。他们虽然各自孤军奋战，甚至越走越孤单，却义无反顾，他们选择孤独而得到灵魂的宁静！

2017 年 12 月 9 日

暖笑无殇

《八十天环游地球》读后感

儒勒·凡尔纳是科幻小说的代表人物,《海底两万里》《地心游记》《格兰特船长的儿女》《从地球到月球》《神秘岛》等作品家喻户晓,《八十天环游地球》更是深受读者喜爱。重读这部经典,故事跌宕起伏,让人不禁为顺利欢喜,为挫折担忧,舍不得放下,熬通宵读完。内心敬佩儒勒·凡尔纳丰富的想象力和细腻的文笔,涌出沿着作者描述的路线走一遍的冲动。

菲利斯·福克先生冷静、守时、善良的绅士形象,深深地刻入脑海。无论面临何种困难,福克先生都保持冷静,找到最好的解决办法,从而化险为夷。在基层工作,各种突发性、紧急性、最难的事压在身上,责任重大,没有退路,有时觉得不堪重负,不胜其烦,会冒出逃离的想法。往往这个时候,考验的是智慧和忍耐力。越是急事,越要冷静,不能匆忙决策,了解事情的来龙去脉,分析利弊得失,妥善予以应对。否则,一招不慎满盘皆输。

庆幸养成了良好的阅读习惯。每当夜深人静,盘上双腿,让自己定下来,深吸一口气,缓缓地吐出,重复几次,呼吸慢慢舒缓,内心渐渐平静,沉浸于书中或喜或悲,白天积累的负面情绪得到化解,还学到很多方法,遇事更从容。回想在开封三年多来的工作,对得起领导的嘱托、员工的期待,对家人却有亏欠,昨天家里打来电话说儿子醒来的时候,跟妈妈说"爸爸回来了",内心酸楚,无言以对,不觉泪流满面。

做一件好事容易,做一辈子好事很难。做好事,不是为了成为好人,只是觉得那是对的事。《芳华》里活在雷锋影子里的刘峰、受排挤的何小萍,用如火的激情点燃青春。当芳华褪去,两个没有被命运善待过的人相拥而坐,所有的付出、所有的委屈都已不再重要,这个世界有人懂你!

2017 年 12 月 21 日

爱的教育

《野性的呼唤》读后感

这本书由杰克·伦敦两部著名的小说《野性的呼唤》《白牙》合编出版，讲述的是巴克野化由狗变狼和白牙驯化由狼变狗的故事。适者生存、弱肉强食的自然界，每天都在上演着“生死时速”。巴克和白牙经历着血与痛、生与死的打磨，过程痛苦漫长，但生命在磨砺中悄悄生长，最终成为强者，大自然是公平的，回报也是丰厚的。

今晚是平安夜，在家陪孩子玩了一天，只要看不到我，孩子就哭着喊爸爸，楼道里抽根烟也必须开着门。看着孩子成堆的玩具，回想自己小时候，连个玩具都没有，那时候每个家庭里的孩子也多，多数都处于“散养”状态，满院子跑也没人管，摔倒了自己爬起来，拍拍身上的土继续闹着玩。现在的孩子是幸福的，改革开放几十年，社会财富极大丰富，生活水平不断提高，富裕起来的家庭对孩子“精细化”培养。不是说有钱了也不让孩子吃好的穿好的玩好的,孩子生存能力下降是不争的事实,身体也不如以前壮实。

对孩子的教育是个系统工程。很多父母周末比上班都忙,陪着孩子在不同的才艺班间奔波,希望孩子不输在起跑线上。培养孩子的兴趣爱好是对的,有三个方面做好了,孩子将终身受益。首先,一定要让孩子多些体育锻炼,有个棒棒的身体;其次,重视孩子情感、道德方面的教育,不能让孩子太"独"了,这个方面,父母比老师更重要;最后,培养孩子阅读的习惯,有些家长属于"手机控",回家后也一直玩手机,不但冷落家人,也误导了孩子。多陪孩子看书,既增进情感又长知识,读书是另一种觉悟。

梅花香自苦寒来。有一种爱叫放手,让孩子自由和有尊严地成长!

2017年12月24日

读书也是一种觉悟

《钦差大臣》读后感

《钦差大臣》是尼古拉·果戈理的代表作，作者用夸张的漫画手法，描绘了百官欺上瞒下、巧取豪夺、脱离群众、形式主义、官僚主义、享乐主义、奢靡之风的丑陋嘴脸，令人忍俊不禁的同时，嘴角泛起的却是苦涩。历史惊人地相似，前事不忘，后事之师。

2017 年即将过去，“向经典致敬”的读书计划不会收官，盘点全年已阅读的 48 本书，还是有些小骄傲。回想 2016 年 7 月份，为了让近两三年来入职的大学生认同企业、融入集体，我组建了 16 人的“匠人精神”读书小组，通过每周二雷打不动的交流，传承传统文化，学习规章制度，分享成长经历，彼此加油鼓劲，他们在各自的岗位上业已成长为行家里手，成为一枚枚“种子”，影响着更多的同事积极进取。看着他们的进步，我既高兴又担心，担心受自己影响过多，孩子们的思想被禁锢，随即下决心解散了“匠人精神”读书小组，放手让他们独自去闯，护着是培养不出雄鹰的。2017

年7月11日，又组建"钉钉子精神"读书班，参加的人数已达37人，五个月来读书110余本，现在越来越多的干部员工申请参加读书会，有的员工利用中午休息时间在银行读书角看书。思想是行动的先导，面对复杂的社会经济环境，我行之所以呈现出和谐、健康的良好发展态势，思想建行功不可没。

一个人的精神发育史，应该是一个人的阅读史。好的书，有时就像一道光束，直接照进人的心灵，实现某种程度的唤醒。书里藏着智慧，读书也是一种觉悟！

2017年12月28日

笑傲江湖

《紫艾草骑士》读后感

《紫艾草骑士》是赞恩·格雷的代表作，以1871年美国犹他州南部边境一个偏僻的村庄为背景，描写了女主人公简妮为捍卫独立、自由、尊严和爱情，与教主、长老等宗教黑暗势力抗争，在拉西特、温特斯的帮助下，最终正义战胜邪恶的故事。本书既有西部牛仔行侠仗义的骑士风范，又有对主人公心理活动的细腻描写，特别是对山区和草原环境的描绘，更是浓墨重彩，读起来很有画面感。格雷从小酷爱文学，特别热衷美国西部牛仔题材的作品。在妻子的鼓励下，作者弃医从文，举家搬到加州，深入西部山区采风，了解当地居民的生活，采访了许多传奇式的人物，积累了丰富的资料，构思出引人入胜的作品，被多家美国影视公司拍成电影，广为传播。

每个人心里都有个江湖梦，幻想着能仗剑天涯、侠骨柔情、快意恩仇，这也是金庸、古龙等武侠小说广受欢迎的原因之一。除此之外，我更喜欢的是作品中的主人公历经磨难却矢志不渝的品格，以及屌丝逆袭的故事结局。没有谁是随随便便成功的，多少次生与死的考验，郭靖、杨过最终才会站到顶峰，孤独求败。有人的地方就有江湖，会遇到各种的磨砺，考验着良知和责任，更是对意志品质的打磨。“如切如磋，如琢如磨”，原石才能脱胎换骨，成为宝玉，人生才有价值；浑浑噩噩，得过且过，到老了，连个可骄傲的回忆都没有，虚度此生而已。

歌以咏志。曹操53岁时写下《龟虽寿》，其中“老骥伏枥，志在千里；烈士暮年，壮心不已”的话更是耳熟能详。侠之大者，为国为民；侠之小者，行侠仗义。我也是奔五的人了，经历了许多的风风雨雨，曾经彷徨过犹豫过，庆幸没有放弃过。现在少了年少的无知与轻狂，多了份时间的沉淀，面对得与失，保持着“平常心，不颓废”。把人做好了，把事做对了，其他的交给命运，随缘就好。

2018年1月4日

中年之悟

《十日谈》读后感

这是本“思无邪”的书。乔万尼·薄伽丘以散发着浓郁生活气息的文笔，勾勒了文艺复兴初期意大利贵族、僧侣、普通百姓、三教九流等的众生相，对教义中违反人类天性的行为，嬉笑怒骂间无情鞭笞，提倡“人生来平等，只有品德才可以区分人的高低贵贱”，唤醒人性的解放和对女性的尊重，这在女性没有人权和禁欲时代的中世纪欧洲尤为可贵。书中一百个故事，多取自历史事件、民间传说、寓言、宫廷传闻，尤以爱情题材居多，文字轻松诙谐、有人情味，符合老百姓的审美情趣，焕发着感人至深的人性魅力。

吃早饭时，爱人突然冒出一句话“黄泉路上无老少”，原来是单位同事的家人正值中年却心梗猝死。爱人苦口婆心地劝我不要看书太晚，熬夜对身体不好，满头白发像个老头。我不敢接腔，担心她过于伤感。能体谅爱人此刻的心情，人到中年，面对这样的事越来越多，难免心生感触，现在孩子太小、父母又老，孝敬和抚养的责任更重,要好好地活着。

面对灾难,有的人整日愁眉不展,有的人依然从容面对。生活里真正的强者,是那些看透了生活的无奈之后,还能选择不敷衍、不抱怨、不自卑的人。世事两难全,人生多取舍。只有经历过的人,才能明白每一次选择和救赎背后的无奈,懂得每一滴眼泪和每一秒笑容背后的释然。

2018 年 1 月 14 日

熟悉的陌生人

《断头女王》读后感

玛丽亚·斯图亚特是个传奇女性,她的美不是光彩夺目的美,而是富有吸引力的美;她通晓多国语言,掌握各种高雅技艺,举止优雅,妩媚动人,被诗人赞为“美的化身”“美的尤物”。

玛丽亚·斯图亚特又是个可怜的女人,不仅是政治的牺牲品,也是情感的失败者。这个纹章中刻有“法兰西、苏格兰、英国和爱尔兰女王”的人,出生第六天就成为苏格兰女王,从此沦为政治的牺牲品,被氏族作为“珍贵的货物”卖来卖去,无数人因她头顶的王冠血流成河,她的命运和政治交易牢牢地绑在了一起,无力抗争,在劫难逃。女王和博斯维尔的激情更是耗尽了她所有的力量,把他们推向了万劫不复的罪恶深渊。她平时的小暧昧误导了近臣,胆大包天的罗斯维尔粗暴地占有了她,她的羞耻、自信、名誉和理智被强壮的身体征服,多年压抑的生理需求成了不可思议的依赖,义无反顾地投入,不知疲倦地索求,那些神魂颠倒的日子里,她把自己融进了他的生活，每天的颠鸾倒凤很快耗尽了全部感情，啜饮着甜蜜的毒酒，最后点燃了自己，烧得粉身碎骨。

只有激情才能解开一个人的心扉，在爱和痛苦中，才能让一个人成长。爱与恨同样热烈，同样分明，受辱最深的莫过于爱上了一个不该爱的人，激情过后是纯粹的冷淡和麻木的客气，彼此成为最熟悉的陌生人。极度失望中，仇恨在悄悄生长，最终忘记代替了仇恨，摆脱内心痛苦的办法就是更积极地生活。

这本书让我不忍错过一个字。斯蒂芬·茨威格笔下的玛丽亚·斯图亚特有血有肉，仿佛重新活了过来。反复读反复悟，无数次戳中泪点，让读者笑着哭。爱了，奋不顾身；散了，一骑绝尘！

2018 年 2 月 5 日

我为人人　人人为我

《三个火枪手》读后感

这是部耳熟能详的经典作品,讲述的是达达尼安和三个火枪手卷入国家、宗教、权力之争,依靠友谊、勇敢和智慧化险为夷的传奇故事。小说以真实的历史事件和人物为背景,又不拘泥于史料,融入了作者丰富的想象、巧妙的设计和细腻的文笔,使事件、人物鲜活起来,场景环环相扣,故事跌宕起伏,再读依然津津有味、扣人心弦。

“人人为我,我为人人”是达达尼安和三个火枪手的誓言。同样八个字,顺序不一样,境界也就不一样。一种是人人为我,我才为人人,说的是一种“回报”;另一种是我为人人,人人都会为我,讲的是一种“付出”。“我为人人,人人为我”,看似是共赢互利,却鲜有人做到!从心理学讲,人都有私利性,趋利避害乃人之常情;从管理学或社会学角度,“我为人人,人人为我”能大大降低社会成本,实现个人利益和社会利益的一致性。

“这个世界缺的不是完美的人，而是从心底给出的真心、正义、无畏与同情。”所有的付出不一定都会有回应，如果你有预知未来的能力，是否会有违本心地选择趋利避害，失去善良的本性？抑或者是抱着“我为人人，人人不必为我”的坦然态度度过一个无悔的人生？

世界上只有一种英雄主义，就是在认清生活真相之后依然选择热爱生活。我们单枪匹马闯入这人世间，应该活出自己的无限可能，该有“我为人人”的英雄梦，也该有追梦的骁勇。

2018年2月13日

幸福是奋斗出来的

《钢铁是怎样炼成的》读后感

奥斯特洛夫斯基出生于一个工人家庭,打小就饱受人间疾苦,11岁做童工,受进步思想影响,15岁投身十月革命,在战斗中多次负伤,工作中积劳成疾,23岁双目失明,25岁全身瘫痪。在与病魔的斗争中,他用笔作武器,将自己的苦难经历,放大到历史的背景下,创作了《钢铁是怎样炼成的》这篇不朽的名著,无论是书中的保尔·柯察金,还是作者奥斯特洛夫斯基本人,他们坚强不息的精神,鼓舞着千千万万的读者。读过此书,我们会深深感动和沉思,因为那不是一个人,而是一代人的苦难,那是非常值得记起的人生情怀!

苦难兴邦,苦难也能成就一个人的伟大,正如孟子说的“故天将降大任于斯人也,必先苦其心志,劳其筋骨,饿其体肤,空乏其身,行拂乱其所为,所以动心忍性,曾益其所不能”。古今中外凡成大事者,都是胸怀天下之人,无论是居庙堂之高还是处江湖之远,以天下安危为己任,以苍生福祉为根本,他们都具有钢铁般的意志,逆境中坚韧不拔、不屈不挠,终成其伟大。

“人最宝贵的是生命。生命于每个人只有一次。人的一生应该这样度过:当他回首往事的时候,不因虚度年华而悔恨,也不因碌碌无为而羞愧;这样,在临死的时候他就能够说:我的整个生命和全部精力,都献给了世界上最壮丽的事业——为人类的解放而斗争。”《钢铁是怎样炼成的》是一首生命的赞歌,温暖着我们的心,激励着我们继续前进。

窗外细雨霏霏,浓雾锁城,霓虹灯闪烁,初春的寒风依然凛冽,想想多少仁人志士为中华人民共和国的诞生抛头颅洒热血,献出了宝贵的生命。牢记曾经的苦难,才能珍惜当下的幸福生活。今年是改革开放40周年,让我们不忘初心,牢记使命,夙夜在公,为中华民族伟大复兴而努力奋斗!

2018年2月17日

愿得一人心　白首不分离

《安娜·卡列尼娜》读后感

合上厚厚的巨著，喜悦之情涌上心头，这种喜悦来自列文，一个忧郁、腼腆、正直、善良、有教养的地主，有颗金子般的心，为灵魂而活，活得很踏实，有情人终成眷属，在乡下过起了田园般的生活，完成了精神救赎。反观安娜和渥伦斯基的感情纠葛，这种脱离了生活的畸形爱情观，既不真实，也不会有好的结局。当他们勇敢冲破世俗的偏见，放弃了各自的家庭、人际交往和事业，真正生活在一起，厌倦渐渐代替了激情和满足，安娜的迷恋令人窒息，渥伦斯基开始逃避，他们不可避免地开始了猜疑和争吵，直至安娜卧轨、渥伦斯基战场求死。

幸福的婚姻是相似的，不幸的婚姻各有各的不幸。有些夫妻一起生活了很久，缺乏有效的沟通，婚前把情话说完了，婚后全是柴米油盐酱醋茶，各忙各的，彼此不了解，更谈不上理解，鸡毛蒜皮的小事常年累积长成脓疮，谁也不去揭开，甚至不愿意触碰，直到细胞癌变,婚姻死亡,留下的是彼此的憎恶和对孩子的伤害。

有些人只见过一两次面,却心心相印,一个眼神、一个动作都心领神会。我们渴望在对的时间遇到对的那个人。不能太早,年轻抓不住,也不能太晚,失去了爱的能力和那份遇见的感动;身体还没有走下坡路,能上山下海,体会灵与肉的悸动;经历过许多起起伏伏,对生活的不容易更多的是包容和接纳;彼此之间不是相互抱怨,而是彼此珍惜,彼此欣赏,彼此尊重,感恩对方的每次付出。走在大街上,没有年轻人的躁动,没有老年人的羞涩,手和手自然而然地握在一起,坦然地走在人前;偶尔把孩子留给家人帮着照看,两个人一起去看场电影或一起出去旅游,说说俏皮话,刺破"勺碰锅"的摩擦,让爱在两人世界里重新加温。

张爱玲说过:"也许爱不是热情,也不是怀念,不过是岁月,年深月久成了生活的一部分。"婚姻,本就是一杯白开水,具体什么滋味,就看你自己往里面加什么。爱情需要经营,婚姻更是如此。

愿得一人心,白首不分离!

2018 年 2 月 27 日

善良就是最好的风水

《名利场》读后感

感悟一：名利场上无父子，这话一点都不假。当你有权有势有钱的时候，很多人对你毕恭毕敬：见你时堆着笑脸；电梯请你先进出；你不来饭局就一直等着，来了你坐主宾的位置；过年过节收到祝福的信息之多戳得手疼，许多信息都懒得回；有切身利益或进步想法的人，总是带着同学、老乡、朋友、朋友的朋友的面具聚在周围，说着奉承的话……久而久之，内心开始膨胀，你会觉得自己很重要，走路、谈话的时候，不自觉地信心满满。可见到比你官职大的领导、行业翘楚，你和前面的人做法没什么两样。

其实，正在台上风光的人别糊涂，对赞扬的话别往心里放，反倒是不顺耳的声音多听听，能使我们少走弯路，不走邪路，友直、友谅、友多闻是我们的福气，这样的朋友更值得我们尊重。心静的时候想一想，人家敬畏的只是你手中的权和利，当你下了台、失了势，茶必然会凉的。但有一种人例外，他人格独立、遵守法纪、处事果断、内心善良，时时处处把人民的利益放在首位，为官一任，造福一方，人民怀念，青史留名，即便没有在文字中留下一笔，至少活得很踏实。

天地四方为江湖，世人聪明反糊涂。名利场上风浪起，赢到头来却是输。人有千算，天则一算。千般算计，不如一颗善良的心。朋友们，无论世界是否待你温柔，请保持住你的善良，仁者无敌，善良就是你最好的风水！

感悟二：《名利场》是萨克雷的成名作，故事围绕着爱米和利蓓加女士两条人物主线展开，时而交错，时而平行，互相对比映衬，描写了 19 世纪英国工业革命后中产阶级的生活状态，真实、无情地揭露了资本主义社会的丑恶。利蓓加是个出身清寒、工于心计、自私自利的人，贪图富贵，攀高结贵，从一个家庭教师混迹到上流社会，谎言终究是泡沫，一戳就破，遭到社会和亲人们的抛弃。爱米则是一位端庄贤惠、纯朴善良、孝顺体贴的女士，具有牺牲精神，家道中落，婚姻得不到夫家的祝福；丈夫战死疆场，孤儿寡母无依无靠；生活艰困，靠救济过活；家贫亲老，又常常受到父母责难；为了孩子有好的前程，忍痛交由祖父抚养……诸多磨难并没有消磨爱米内心的善良，有情人终成眷属，她和正直、善良、忠诚的杜宾过上了安宁幸福的生活，令读者在浑浊的名利场中长长地透了一口气，感受到老天还是公平的，好人终有好报。

天下熙熙皆为利来，天下攘攘皆为利往。包括自己在内，很多人把名和利放不下。这些人里面谁是真正快乐的？谁是称心如意的？就算当时随了心愿，过后还不是照样不满意？其实到头来，赤条条来去，什么也带不走。萨克雷的作品描写真实、宣扬仁爱，正如他所说的：玩笑虽好，真实更好，仁爱尤其好。天道无亲，常与善人！此言不虚，愿你我虽经千般坎坷万般磨难，依然保有一颗善良的心！

2018年3月8日

目之所及　心未必至

《小王子》读后感

这是一部写给大人们看的童话小说，篇幅不长，只需要花上两个小时，就可以把它读完，但要真正读懂它，大人们却需要保有童真和童趣。

故事描写小王子因为和骄傲的玫瑰花置气，离开居住的B612号星球，开始了他的冒险之旅，先后遇到利欲熏心的国王、爱慕虚荣的人、醉生梦死的酒鬼、财迷心窍的商人、冥顽不化的地理学家、脱离实际的掌灯人。“大人真是奇怪啊！”是小王子遇到他们时的反应，小王子的纯粹映射出成人的迷失。走进玫瑰花园的小王子一度伤心欲绝，他发现他的玫瑰只是万千朵中的一朵，直到遇到智慧的狐狸，告诉他那个秘密：一个人只有用心去看，才能看到真实，事情的真相只用眼睛是看不见的。重要的不是拥有很多，而是你付出了时间和感情，你的拥有对你来说是世上独一无二的。

人们常说眼睛是心灵的窗户，仔细看看孩子的眼睛，清澈、干净、透明，让人心生欢喜，因为他们的心灵是纯粹的。大人们追求的东西，如权力、名望、金钱、美色、大的房子、锦衣玉食等等，在孩子的眼里一文不值，你能说孩子是错的吗？其实，错的是我们，这些东西能带来短暂的快乐，也能带来无尽的烦恼，总担心会失去，从而焦躁不安。

这部作品的伟大之处在于小王子的追问中藏着一个哲学命题：什么才是真正值得拥有的？每个人的答案也许各不相同，一个人在不同的年龄阶段答案也不一样。也许我们在即将离开人世的那一刻才会幡然醒悟，大人们看重的东西原来真是一文不值。

使生活如此美丽的，是我们藏起来的真诚和童心，每个人曾经都是小王子，愿有人懂你，守护你的孩子气。

2018 年 3 月 23 日

解读心灵的密码

《偷影子的人》读后感

小说的主人公有一种超能力，就是能与别人的影子交流，从而了解影子主人隐藏在心中的秘密。他偶然了解到自己有这种超能力，不知是福是祸，感到很害怕，直到影子告诉他“为每一个你所偷来的影子找到点亮生命的小小光芒，为它们找回隐匿的记忆拼图，这便是我们对你的全部请托”时，他仿佛找到了解读心灵的密码，开始走出封闭的自己，找到拥抱爱的能力。他开始利用这种能力，从大火中救出伊凡，帮助克蕾儿冲破自闭，挽救绝食的小男孩，鼓励发小追求梦想，和公寓楼上滑倒的被儿女弃养的老太太成为朋友……

这是本令人感动的作品，其中很多话深深地触动了我。生命中某些珍贵的片刻，其实都来自一些微不足道的小事。这些微不足道的小事却一点一滴串成链子，与过去牢牢地连在一起，并引导着我们走向未来。

咖啡厅里各色人等三三两两地聊天，大声或轻声的；两个人在一起却各自低头看手机的；三个年轻的姑娘摆着不同的造型拍照，脸上写满了我曾逝去的青春气息；临桌旁一个男孩子像孔雀开屏般地向着对面初识的女孩显摆着；孩子的尖叫声不时钻入耳膜，盖过了所有的声音。一个人的时候很容易孤单，和更多的人在一起更孤单。

莎翁说：有些人只拥吻影子，于是只拥有幸福的幻影。走出去，不妨大胆一些，去拥抱这个未知新奇的世界！

如果你有这种超能力，会用它来做什么？

2018年3月24日

十年一梦　百年孤独

《百年孤独》读后感

《百年孤独》是哥伦比亚作家加西亚·马尔克斯创作的长篇魔幻现实主义小说，讲述了布恩迪亚家族七代人的传奇故事，以及小镇马孔多的百年兴衰，反映了拉丁美洲19世纪百年风云变幻的历史。

布恩迪亚家族的七代男人分别代表着创造、战争、权力、空虚、纵欲、自闭、毁灭；以乌尔苏拉为代表的布恩迪亚家族的女人则预示着生命、坚毅、勤劳、忠贞、忍耐、美丽和爱情，收拾着男人各种欲望带来的破坏，引导着家族保持秩序，战胜各种苦难。故事结局是家族的命运终究抵挡不住历史的车轮，历经七代而终，苦难和繁华落尽，一切尘归尘土归土！

这是本晦涩难懂的书，神秘虚幻，与亡灵的对话更像是精神分裂者的内心独白，读懂它需要丰富的阅历和内心的宁静，两者缺一不可。

2018年的第二个不眠之夜，孤独在室内弥漫，窗外，狂风呼啸着，想要撕碎夜的落寞。人是很奇怪的动物，渴望别人了解自己，又恐惧别人猜透，于是带着各色各样的面具，经年累月，都不知道哪个才是真实的自己，我们把自己丢了……年轻的时候，我们都不信命，“王侯将相宁有种乎”，像布恩迪亚家族的男人们一样追逐，与命运抗争。随着鬓角染霜，狂欢后的空虚是对自己的厌恶和怜悯，可已经无力去爱了。

2018年4月5日

伟大都是熬出来的

《麦哲伦》读后感

为打破阿拉伯人对香料交易的垄断，欧洲各国在15至16世纪中的百年间，派出一支又一支探险队，寻找一条通往印度的海上之路，非洲的好望角、南美洲、北美洲等先后被发现，世界大陆版图第一次较为清晰完整地呈现在世人面前。在这个大发现时代，众多的冒险者或葬身海底或死于疾病、战争等，侥幸成功者中，因为迷路而第一次发现美洲的哥伦布和第一个环绕地球的麦哲伦成为最伟大的航海家被载入史册。

24岁的麦哲伦第一次登上探险之旅，还是葡萄牙1500名远征士兵中的一个无名小卒，他睡在底舱，干着最苦最累的活，既是水手又是战士，十年凶多吉少的航海经历和出生入死的战斗，使沉默寡言、性格坚毅的麦哲伦成长为阅历丰富的航海家。当第三次受伤跛脚回国时，他仅仅为了内心的骄傲，当面向国王争取增加半个葡币月俸，这位36岁的硬汉却被国王像对待乞丐一样赶出了王宫。麦哲伦没有因此沉沦，他忠于自己的理想，即找到一条从欧洲向西出发经美洲连接大西洋到太平洋的海峡（后被命名为麦哲伦海峡），比从欧洲向东出发经非洲好望角到印度更近的航路。

伟大往往与苦难相伴。一年多时间在陌生海域航行，船队走错过航线，每天与飓风等自然力抗争，发生过船员暴乱，食物匮乏，忍受着无休止的单调景色和生活，通往太平洋的海峡依然杳无踪迹，探险者内心的恐惧与日俱增。命运戏剧性转折，1520 年 10 月 21 日，当海峡缓缓地露出面容，麦哲伦和船员都不敢相信。结局往往就是这么奇妙且不可思议，尝尽了难以想象的一切苦难，幸福从最绝望的深渊迸发出来达到顶点。

胜人者有力，自胜者强。人们更多地选择去健身房锻炼，除了专业指导、设备齐全等，还有一个重要的因素——氛围。计划跑 5 公里，每次跑到 2 公里想放弃，盯着旁边锻炼的人心里较劲，这是靠外力推动的表现。失去了参照物，我们还能不能坚持下来，能不能战胜自己，决定了我们能走多远。你永远都无法借别人的翅膀，飞上自己的天空，成功属于勇毅与笃行的人。

2018 年 4 月 12 日

好看的皮囊千篇一律 有趣的灵魂万里挑一

《浮生六记》读后感

《浮生六记》为残本，原有六篇，《中山记历》《养生记道》已佚。“浮生”二字，典出李白诗《春夜宴从弟桃李园序》：“夫天地者，万物之逆旅也；光阴者，百代之过客也。而浮生若梦，为欢几何？”

《闲情记趣》《坎坷记愁》《浪游记快》篇篇经典，记录了作者的闲情雅趣、家道中落、江湖游历。《闺房之乐》是开篇之作，也是本书精华所在，沈复不厌其烦娓娓道来，让我们得以领略芸娘的风采，“我取轩”七夕取巧、“沧浪亭”中秋赏月、“宾香阁”伉俪情深、“水仙庙”女扮男装、“万年桥”月下酣饮、“仓米巷”焚香结盟、“南园”赏花煮茗、“萧爽楼”卖钗沽酒……芸娘活泼洒脱的形象跃然纸上。

世界上有两种女人最是撩人，一种让人想入非非，一种让人非得想想。芸娘属于后者，林语堂先生曾赞誉过：“芸，我想，是中国文学上一个最可爱的女人。”芸娘善于发现生活之美，找到生活的情趣，其实这也是对生活的一种尊重，在平淡之中发现真义，找到久已丢失的快乐。这些快乐与财富无关，而与我们的本性相连。

有人说，爱生活的人，往往容易被爱，也正是芸娘对生活的这份热爱，才能嗅出荷心的清香，发现草虫间的写意，才能把日子过得如此令人期待，才能让沈复情痴一生，不离不弃。

2018 年 4 月 15 日

将红旗扛下去

《大别山革命风范》读后感

大别山干部学院位于大别山腹地新县，背靠孟梁山，面朝小潢河，处于两岭环抱之中。人间四月芳菲尽，走进学院，草木青翠，杜鹃盛开，莺啼鸟啭，生机盎然。气势恢宏的报告厅上方，“实事求是”四个大字映入眼帘，左右墙壁上的汉白玉浮雕，无声地诉说着大别山28年红旗不倒的历史。土地革命、抗日战争、新民主主义革命时期，这里是中国革命的重要发祥地和主要活动区域之一，是中国革命走向胜利的战略转折地。这里牺牲了上百万军民，其中载入烈士名册的多达13万余人，他们为民族独立、人民解放做出了巨大贡献。

大别山干部学院是革命传统、理想信念、特色党性教育培训基地。为期五天的学习已经过半，我的心里久久不能平静，有三个方面的学习体会。

一是心情凝重。接到培训通知，心情是轻松的，平时工作任务繁重,想着出来既增长知识,也能好好休息一下。通过三天来老师授课、实地参观和阅读书籍,心情日益凝重。生长在和平年代,老一辈无产阶级革命家浴血奋战的那段历史离我们越来越远,多数人知之甚少,甚至漠不关心,感同身受更是无从谈起。忘记历史意味着背叛,只有走进历史,才能明白,和大别山军民 28 年的艰苦斗争岁月相比,和鸦片战争到新中国成立中华民族饱经磨难的百年历史相比,现在的生活真是比蜜甜,我们应倍加珍惜,坚定跟党走。

二是责任重大。今年是中国共产党成立 97 周年、建国 69 周年、改革开放 40 周年,中国发生了翻天覆地的变化,成为世界第二大经济体,日益走近世界舞台中央。走进新时代,我们党仍面临四大危险、四大考验,红旗还要不要扛?红旗谁来扛?红旗怎么扛?大别山革命精神使我找到了答案,即坚守信念、胸怀全局、团结奋斗、勇当先锋。历史的接力棒传到了我们手里,走好新时期的长征路,把红旗代代传下去责无旁贷。

三是勇于担当。邓小平曾说过:世界上的事情都是干出来的,不干,半点马克思主义也没有。习近平总书记在十九大报告里告诫全党:中华民族伟大复兴,绝不是轻轻松松、敲锣打鼓就能实现的。全党必须准备付出更为艰巨、更为艰苦的努力。作为一名党员干部,要有等不起的紧迫感、慢不得的危机感、坐不住的责任感,以习近平新时代中国特色社会主义思想为引领,不忘初心,牢记使命，积极工作，务实担当，为中华民族伟大复兴贡献自己的力量。

大别山革命精神永放光芒！

2018 年 4 月 18 日

活出真实

《假面饭店》读后感

《假面饭店》是本悬疑推理小说，警察新田在酒店优秀接待员尚美的帮助下，经过大胆推理、缜密侦查、抽丝剥茧，将疑似连环谋杀案一一侦破，凶手最终难逃法网。

人都有自我保护意识，不同的场合，戴着不同的面具，久而久之，忘了哪个才是真实的自己。只有勘破“我执”，才能放下包袱，活出真实。

生活不只有诗和远方，更多的是眼前的苟且。假面盛会上的你，请保持真心，善待自己，善待他人，然后，尽情狂欢，享受盛筵吧。

2018年4月22日

放手亦是成全

《人猿泰山》读后感

这是个悲怆的故事。泰山出生在人迹罕至的荒岛，父母在他一岁的时候离世，泰山被类人猿卡拉收养，在磨难中成长。泰山与其他部落的大猩猩为生存战斗，濒临死亡，卡拉用舌头舔泰山的伤口，保持那里的清洁，把水从小溪含来，一口口喂给泰山喝。母爱的天性殊途同归，爱让人猿相依为命。卡拉被部落的黑人杀害，泰山悲痛欲绝，号啕大哭，饱含悲伤与孤独。当简及家人被海盗抛弃在荒岛，遭遇各种生死考验，泰山为了心爱的女人简，与大猩猩、狮子、黑人生死搏斗，一次次冒险救出她和家人。为了心爱的简，泰山放弃了自由的生活，跨越千山万水，从非洲来到美国追寻幸福。简却做出了令人痛心的决定，选择同泰山的表弟结婚，面对占有了心爱的女人和伯爵地位的表弟，泰山选择了成全。

如饥似渴地读完本书，舍不得放下，结局让人唏嘘不已。女人天性崇拜英雄，渴望被强壮的男人保护，可到了谈婚论嫁的时候，考虑的却是对方的家庭、地位、教育、收入等背景。崇拜的力量一经得到会变得索然无味,像是尝惯了山珍海味,又觉得小米养胃,得陇望蜀,得鱼忘筌,欲望总是无法满足。

人生很漫长,关键的却只有几步。如何选择,考验的是良知。

2018 年 4 月 24 日

做新时代的奋斗者

《试飞英雄》读后感

和本书结缘很偶然，平时看完《新闻联播》，我就抱着书躲进卧室。母亲喜欢看电视剧，那天却在看中央一台播放的2017年度好书评选颁奖，老太太知道我喜欢读书，就喊我出来看，刚好听到主持人采访试飞员和家属，试飞员惜字如金的话语却深深打动了我，于是我抓起电话，安排给每一名中层干部买一本《试飞英雄》，要求大家不但要读，而且党委和支部要开会分享读书心得，结合本职工作交一份学习体会。

敦煌莫高窟飞天壁画，昭示着中国人的飞天梦从未间断。1909年9月22日，继莱特兄弟后，中国人冯如驾驶自己研制的飞机，成功翱翔蓝天。随着航空航天器的发展，人类生存和发展的空间大大改变。每一型号的飞机从图纸设计到交付使用，往往要经过成百上千次修改、测试，飞机定型是交付使用前最重要的一环。飞机定型要考虑各种极限边界状态，试飞员有一项特殊的使命，就是突破安全边界，极限飞行，以验证设计参数和发掘飞机潜能。试飞员为强国梦、强军梦，以坚定的理想信念、科学求实的态度、炉火纯青的技术、顽强拼搏的作风、无惧生死的品质、临危不惧的胆识，与死神博弈，用生命体验飞翔的姿态。“千金不求，万死不辞”是他们对祖国的誓言。

社会主义是干出来的，新时代是干出来的。作为新时代的见证者、参与者，我们要以等不起的紧迫感、慢不得的危机感、坐不住的责任感，不忘初心，牢记使命，开拓创新，勇于担当，为民族复兴做出自己的贡献。这样，才能骄傲地告诉子孙，我们无愧于这个伟大的时代！

2018年5月8日

且以纯粹过一生

《凤凰往事》读后感

说来真巧，从长长的一排书里抽出《凤凰往事》那天，刚好是沈从文先生逝世三十周年的日子。

知道沈先生是因一件趣事，在西南联大时，一日遇飞机轰炸，师生们都往外跑，教庄子的刘文典先生看到沈先生也在人群中，就大声呵斥道：我跑是为了庄子，你什么用都没有，跑什么跑啊?！这段文人相轻的往事，每想起来就忍俊不禁，两位先生也是蛮可爱的。

《凤凰往事》是一本描写湘西风土人情的散文集。先生的文字，纯粹、干净、清新、优美、灵性、多情，饱含对故土深深的眷恋。先生的文章，需要细细地品、从容地读，思绪慢慢流淌，为心灵开辟了一方净土。很难想象，先生儿时厌学，“变本加厉”地逃学，致学业荒废。15岁从军，做过文书，均一事无成；后钟情文学，笔耕不辍，终成一代大师。

即便你没有读过先生的著作，也一定听说过这段话："我行过许多地方的桥，看过许多次数的云，喝过许多种类的酒，却只爱过一个正当最好年龄的人。"

沈先生的心是干净的，笔下的文字也是干净的。虽历经坎坷，依然保持人性的纯粹，这才是人生的大智慧。

2018年5月18日

不疯魔不成活

《月亮和六便士》读后感

斯特里克兰德对绘画技巧一窍不通，却毅然放下舒适的生活，40岁时，孤身一人从伦敦来到巴黎，过着朝不保夕的日子，不为卖钱，不为成名，不在乎评论，活在自己的世界里，专心通过创作表达内心的感受。

斯特里克兰德是天使也是魔鬼。心无旁骛使他身上充满力量，他如痴如醉，忘我投入，终成大器，印证了京剧业内的那句行话“不疯魔不成活”；同时，斯特里克兰德自私、无情、刻薄，不懂感恩，抛家舍业，对妻子和孩子不管不问，对情人也是铁石心肠，情人自杀也无动于衷。

请不要站在道德的制高点上去指责斯特里克兰德。正如作者毛姆在书中讲到“卑微与伟大、恶毒与善良、仇恨与热爱是可以互不排斥地并存在同一颗心里”。每个人都是一个矛盾体，人性本善还是本恶从未停止争论，我们该隐藏多少秘密，才能巧妙地度过这一生。面对各种诱惑,希望每个人像爱护眼睛一样,坚守内心的善良,做一个有温度的人。

2018 年 5 月 29 日

致良知

《沉重的翅膀》读后感

这是一本描写改革开放初期解放与僵化思想激烈斗争的小说，笔锋犀利，思想深刻，讴歌了历史蜕变期的时代精神。作品描写的具体事件已经过时，但其思想性依然对今天大有裨益。特别佩服作者的勇气，这部曾获得茅盾文学奖的作品，在当时是犯忌的，引起了社会巨大的反响，舆论像翻烧饼，作者饱受争议和艰难困厄。

矛盾无处不在。人对客观世界、社会发展规律的认知也是在曲折中前行。即便改革开放四十年了，科学的体制机制仍然在不断探索、创新、实践中完善。特别是打破既得利益的藩篱，依然需要巨大的勇气和智慧。改革，会面临责难非议、流言蜚语，甚至是牺牲。不改，当个太平官、油滑官，很多工作会被无限期拖下去，需要花费更多的成本。改革需要牺牲，是明哲保身还是敢于担当，考验的是党性，也考验着良知。

人是生产力中最根本最活跃的因素。干部能上能下说起来容易,做起来是块硬骨头,触动利益比触动灵魂都难。我也曾反复思量,如履薄冰,彻夜难眠。那些敢于承担历史责任的改革者,给了我莫大的勇气,一个新我破壳而生,快到知天命的年龄,依然产生了莫名的激动,有种脱胎换骨的感觉。只要于党的事业、于企业的发展、于员工的成长有利,牺牲小我又有何哉!

2018 年 6 月 5 日

重树中国精神

《美在天真》读后感

穷人的孩子早当家。新凤霞是家里的长女，弟弟妹妹六个，为了挣钱养家，她天没亮就起来练功，喊完嗓子回去忙家务，抽出空给二伯母干活，跟着二伯和姐姐学戏，冬练三九，夏练三伏，走街串巷，没少挨打吃苦受罪。

旧社会，戏子不如娼，为了吃饱饭，天南海北到处闯江湖、跑码头，走到哪儿唱到哪儿，见班搭班，见戏学戏，见人下跪。很多搭台的演员抽白面儿、唱粉戏，新凤霞始终牢记“台上有戏德，台下讲人格”的古训，洁身自好，刻苦练功，终成评剧名角。

没有信仰的民族是可悲的。娱乐至死的年代，演员天价合同，歌手一首歌挣上百万，明星住豪宅开跑车买私人飞机，八卦消息挤满各网站头条，你方唱罢我登场，荧屏充满感官刺激、欲望和无规则游戏的庸俗文化；而科学家、英雄却得不到应有的尊重，收入微薄，默默无闻，社会地位远不如演艺明星，这是时代的悲哀。习总书记讲:人民有信仰,国家有力量,民族有希望。重树中国精神,努力营造尊重科学、尊重英雄的氛围,让更多的人,特别是青少年愿意成为科学家,愿意成为英雄,民族、国家才会真正地强大。

2018 年 6 月 13 日

真实与虚幻

《遥远的向日葵地》读后感

这是一本散文集，作者的母亲在阿勒泰戈壁草原的乌伦古河南岸，承包了一块不规则的边角料地，土壤粗劣，地力贫瘠，只能种向日葵，逢上大旱之年，往往颗粒无收。并且由于鹅喉羚的侵害，每年需要重复播种四五茬。恶劣的自然环境，展示了生活的艰辛，书写着人类的顽强。书中描写的，是很多人心中的诗和远方，读过后才明白，还是摆脱不了眼前的苟且。

轻轻地合上最后一页，把书倒扣着放到桌上，抬头环顾咖啡厅，一群年轻人开朗的笑声传来，透着青春的气息；两个漂亮的女孩子，一个穿着红色上衣短发戴黑色牛仔帽，一个白色上衣长发戴白色运动帽，像是张爱玲笔下的红玫瑰和白玫瑰；三个三十岁左右的男士在谈着生意经，不是本地口音；背后传来椅子和地摩擦的声音。咖啡厅空调温度较低，胳膊隐隐发凉，抱着靠背枕，看着眼前的场景，有种不真实感，像是隔了不同的时空，其实那是年龄的距离,抑或是孤独与狂欢的距离。这种不真实又和《遥远的向日葵地》的真实有着巨大的反差。

得不到的永远在骚动,被偏爱的都有恃无恐。生活不易,且行且珍惜!

2018年6月16日

回不去的记忆

《我们的老院》读后感

粤东会馆建于明末清初，是一个三进三出的四合院，位于北京前门外西打磨厂原179号，作者打小在这个院子里长大。新中国成立后，这里陆续搬进搬出许多住户，本来普通人的日子也没有什么可写的，因为“文化大革命”，那个以阶级斗争为纲的年代，那个人性泯灭的岁月，大院里每家的隐私被层层挖出来，暴露在阳光下，这些生活在底层的普通人，经历跌宕起伏，活得真是不易，读罢令人唏嘘不已，感谢作者把它们记录下来。

打动人心的，不是华丽辞藻的堆砌，而是平凡文字中的真实，是眼前景色口头语，朴素、温暖、有力量。记得年轻的时候去黄山，迎客松旁边巨石上刻有两幅字，斜上方的是“江山如此多娇”，龙飞凤舞，苍劲有力，磅礴大气；中间四个字是“天地自丽”，字体普普通通，不像出自名家之手，看后有些不屑一顾，认为和黄山在五岳中的地位不匹配。随着年龄的增长，生命的浓度和密度不一样，才明白“天地自丽”蕴含着深刻的哲理，是先哲对自然的崇敬。

回不去的过去，记忆虽然不是历史，但是，历史的消失，往往是记忆彻底消失之后的事情。我们继承了老人们的思维模式，却无法继承他们的历史。它们烙在一道道皱纹里，变为浑浊的眼底，刻成根根白发，藏于佝偻的身躯和蹒跚的脚步中。想起前段时间转发的一段话：人生寂寥总胜过馥郁，幸好有些微快活衬着。回望却无言，有的人永远不会懂，人生之不易是要秉持怎样玲珑的心，才能巧妙度过这一生。

2018年6月24日

成功的路上并不拥挤

《华为创新》读后感

华为是一家成立于 1987 年的民营公司，从代理商做起，只用了短短 30 年时间，就成为世界通信行业的老大，不能不说是个奇迹。公司计划 2020 年销售收入达到 1500 亿美元，按现在的汇率折算，相当于 1 万亿元人民币，这比许多省份一年的 GDP 都高。

华为的成功受益于改革开放，也跟他的创立者密不可分。中国的企业不缺老板，缺的是具有企业家精神的管理者，最早下海经商的一大批风云人物，大浪淘沙后，剩下的寥寥无几。任正非曾是部队学毛选的标兵，他将毛泽东思想运用到企业管理当中，对企业实行类军事化管理，保证了思想和行动的统一；任正非善于向国外顶级企业学习，宁肯借债也要高薪聘请知名咨询公司，以 IBM 为师，跟高手过招，真正建立以客户为导向的运作机制和管理体制；基于知识经济特征的"价值创造、价值评价和价值分配"体系，任正非提炼出"以客户为中心，以奋斗者为本，长期坚持艰苦奋斗"

的核心价值观，用好干部分好钱，队伍的战斗力彪悍；华为坚持每年将销售收入的10%以上投入研发部门，2014、2015年国际专利申请量连续两年在全球企业界高居榜首，公司在人工智能、未来数据中心、5G技术、电池极速充电技术等众多领域，成为行业的领跑者；扎实开展企业文化建设，虚功实做，正如任正非所讲“资源是会枯竭的，唯有文化才能生生不息”，他将中国优秀传统文化和西方多元文化成功联姻，打造成为企业的核心竞争力。

华为的商业模式无疑是成功的，许多专家学者从不同角度进行分析，研究成果颇为丰硕，许多企业和个人也纷纷到华为学习参观。正如世界上没有放之四海而皆准的发展模式，每个组织或个体都是有差异的，华为的经验在其他企业复制未必奏效，刻意模仿、生搬硬套只会僵化思维，“照猫画虎”“东施效颦”不足取，适合自己的才是最好的。

2018年7月7日

此心光明

《五百年来王阳明》读后感

头疼的事还是来了，没想到这么快。上级计划给二分配齐班子成员，征求各单位党委书记的意见。如果由上级派干部来，好处是内部不会有矛盾，我更没有压力，只是不利于本地干部队伍的成长，一个单位老是不出干部，干事创业的激情就没了，一级压一级，年轻人更没机会，干部员工没有了活力，企业发展就会停滞。如果由内部推荐，矛盾的焦点就都集中到我这里了，内外部压力如何化解？这是个得罪人的活儿，我更愿意去战场上拼杀。想进步的同志把希望寄托在我身上，虽然这种观点是错误的认识，最重要的是自己平时做人做事，大家心里都有杆秤，可当事人会这样想吗？何况手心手背都是肉，总会有人欢喜有人愁，搞不好，情绪对立，影响团结和工作。全体员工更是在看着你，看你是不是公平，兹事体大，关系一个单位的风气。树立风清气正的政治生态环境，绝非一日之功，需要平时把每件事做对，可是毁掉它却很容易，再想赢得人心是不可能的,群众的眼睛是雪亮的。

躺在床上,翻来覆去,左思右想,彻夜难眠。遵从内心的良知,只要行得正,不怕鬼敲门,躲避矛盾是不负责任的表现,不是真的知行合一。为干部员工计,为企业发展计,个人荣辱算什么。当领导征求意见时,我的主意已定,哪怕矛盾再大,还是要推我们的干部。

好事要想办好,光有热情是不够的,还要正确地做事。首先,必须吃透政策,党委委员用了半天时间集体学习文件,不明白的就充分讨论,形不成共识,就咨询上级单位。其次,为避免暗箱操作,也为了了解民意,增设民主推荐环节,实行个人报名、民主推荐、党委研究。针对年龄是否可以放宽到政策规定的上线,也决定拿到干部大会上征求意见,少数服从多数。第三,组织召开干部大会,由人力资源部解读上级政策,逐个询问是否有不明白的,现场解答疑问。涉及投票环节时,当场唱票,不背着大家。单位有两名干部因私请假,就由人事管理员、纪检监察专员和一名员工代表,三个人用免提给其打电话,记录投票情况,保证公正。第四,干部大会结束后,随即召开党委会,进行集体研究。会前党委委员之间没有沟通人选。在党委会上,再次对所有符合条件的干部,由党委成员按议事规则进行表决,选取得票最高的两名同志推荐参加遴选。第五,对落选的同志,由党委成员集体与其分别谈话,听取意见,肯定成绩,疏解疙瘩,要求大家正确对待,最后由纪委书记提醒谈话。

知是行之始,行是知之成。矛盾无处不在,逃避终不是办法,人需在事上磨,方能静亦定、动亦定,活出真我。面对各种压力,问问内心的良知,内心光明,何惧之有!

2018 年 7 月 14 日

非如此不可

《不能承受的生命之轻》读后感

黑白照片中的男人，头发灰白，眉头紧皱，目光深邃，岁月在额头刻划出道道深深的皱纹，围脖随意搭在宽厚的肩膀上，儒雅、睿智、自律的形象，有着强烈的视觉冲击力。

《不能承受的生命之轻》是米兰·昆德拉的代表作。作者像是外科医生，将人性由表及里，一层层剥开，是对于陷入尘世陷阱的人生的探索，深刻到能照见自己的影子。从看不懂到爱不释手，看了还想看，每次阅读都能触动灵魂。正如弗朗索瓦·里卡尔在《大写的牧歌与小写的牧歌——重读米兰·昆德拉》中写道：我从未读过比这走得更远的文学作品，也从未读过将幻灭之艺术推得如此之远，将我们的生命与思想借以为本的基本谎言揭露得如此深刻的作品。

《尚书》云“人心惟危，道心惟微”，人性是禁不起考验的，善恶往往是一念之差。走过的路，决定了现在，带着不同的面具，结果把自己丢了。名和利孰轻？爱与恨孰重？当不再与自己纠结时，生命才是一场盛典。请守护好慈悲心！

我有明珠一颗，
久被尘劳关锁。
今朝尘尽光生，
照破山河万朵。

2018 年 7 月 20 日

文化软实力

《见证》读后感

读了此书，脑子里突然蹦出个笑话，说："世间只有两件事，关你屁事，关我屁事。突然觉得，屁好忙。"

美国就好像是世界警察，希拉里作为国务卿，五年的时间飞行100万英里，几乎跑遍了全世界，管这管那，好像真是屁事不少。效果如何，历史已经验证。

《三国演义》开篇讲：天下大事，分久必合，合久必分。美国这个超级大国，确实管了不少事。美国式的思维让我这个东方人还是难以理解。我在想，如果没有了美国，世界现在是什么样？如果美国衰落或者更多的国家崛起，原先一股独大的情况一去不复返，权力留下的真空谁来接手，其他国家做好了接手的准备了吗？

中国已经成为世界第二大经济体，日益走近世界舞台的中央。美国把中国作为长期战略竞争对手，从各方面围堵中国。面对日益复杂的内外部形势，我们应不畏浮云遮望眼，保持战略定力，避免犯颠覆性错误，不驰于空想，不骛于虚声，勠力同心，脚踏实地做好自己的事，做强经济、科技、军事等硬实力，同时，重视文化、制度等软实力的建设，团结一切可以团结的力量，为世界和平、发展贡献更多中国智慧、中国力量、中国声音！

2018 年 8 月 29 日

缅怀伟人

《毛泽东传》读后感

周末孩子去看姥姥，独自在家看完了罗斯·特里尔著的《毛泽东传》。作者以时间为轴，用大量珍贵史料和传记，记录了毛泽东生平，但对其心理的描述让我困惑，没有亲身经历，想象是不靠谱的，何况外国人对中国传统文化缺乏认知，未必令人信服。

傍晚时分，约上赵老师，坐在石凳上，听他慢慢聊起那些往事……老师告诉我，他和爱人的观点是不一致的，这让我很惊讶。没有想到，都过去了那么久，老一辈人心里还留下如此深的烙印。晚上和院里的朋友们打球，恍然想起 9 月 9 日是毛泽东逝世 42 周年纪念日，不禁感叹冥冥之中自有定数，记起本周在北大培训，参观毛泽东工作过的北大图书馆未果，深感遗憾，只好利用业余时间，在未名湖畔翻阅《毛泽东传》，算是对这个世纪伟人的缅怀吧。

今年是改革开放四十周年，中国已经成为世界第二大经济体，综合国力不断提升，日益走近世界舞台中央。行百里者半九十，越是接近目标，越要继续保持谦虚谨慎、不骄不躁的作风，继续保持艰苦奋斗的作风，向新时代交出一份满意的答卷。

2018 年 9 月 9 日

最是书香能致远

《蒋介石画传》读后感

了解一个人，要看他身边的朋友，辩证看待一个人，需要观察他的对手。我虽没有切身经历，但通过阅读《毛泽东传》《周恩来传》《邓小平传》《蒋介石画传》等传记、书籍，脑海里模糊、零碎的近现代史，逐渐清晰和完整起来。

9 月 15 日，2019 年校园招聘在某大学做宣讲。开场时，我问在场 200 多名学生，除专业课本之外，完完整整读过包括辅导材料在内超过 10 本书的请举手，20 本的请举手，30 本以上的就没有人再举手了，许是同学们谦虚，但从飞机、高铁、地铁里人人手机控的现状，可以反映国民读书的现状。看过一个笑话，说中国需要跟美国、英国、德国、日本等主要西方发达国家比这比那，反映中国不容易。可有一项指标被忽略了，国民人均读书量远远低于他们。如果国民素质赶不上，经济总量成为第一又意义何在？

跟跑的“机会主义”高速度一定会慢下来，中国科技即将攻入无人区，处在无人领航、无既定的规则、无人跟随的困境。习总书记提出五大发展理念，第一个就是创新，为中国经济社会、国防发展开出了良方。要实现中华民族伟大复兴，需要国民重塑读书的风尚。

“坑灰未冷山东乱，刘项原来不读书”，那是在乱世。现在处在知识经济时代，即将进入智能时代，万物互联互通。不读书，你只能在沛县打短工。

2018 年 9 月 16 日

闪光的并不都是金子

《地球是平的》读后感

美国开国总统华盛顿、英国诗人拜伦死于放血治疗；人们相信老鼠携带的跳蚤是欧洲中世纪瘟疫之源；希特勒认为地球有可能是凹面的，命令以 45° 角发射火箭，看能否打到澳大利亚；16—19世纪，人们迷信烟草能治疗各种疾病，诞生了烟雾灌肠疗法，有钱人排队将烟雾从肛门喷到身体里；炼金术士寻找点金石，将其他金属变成黄金；早期宗教认为地球是空的，其间为地狱；先父遗传论，无意却帮助了那些守寡的妇女。看完此书，不觉哑然。

人类对自然规律的探索在曲折中前行，从未停下脚步。不断试错中，有的成本不可谓不大。如颅相学间接促成了卢旺达种族大屠杀；为满足性欲，医生将猴子的生殖器官移植到人体，可能是艾滋病跨越物种界限的罪魁祸首；等等。随着科技进步，谬误得以纠正。对社会规律的认知又何尝不是如此。

少知而迷，不知而盲，无知而乱。书籍是人类实践留下的最宝贵财富,克服本领恐慌,读书是最佳路径。我,乐在其中!

2018 年 10 月 6 日

这个世界，除了生死没大事

《活着》读后感

第一次读余华的作品，一口气把它看完，看到伤心处，心里酸楚，眼泪随之掉了下来，差点哭出声来。

不惑之年，还会看电影流泪，是不是太矫情了。面对生活的不易，时而勇敢，时而颓废，可心有不甘，怀揣着正义会迟到却从不会缺席的希望，拼尽全力做好本职工作，得罪了一些干部，赢得了广大员工的认可。傻吗？够傻的，因为给你年底民主评议的是干部，不是员工。可内心的坚守，老是在耳边提醒，守候内心的善良，守护最柔软的部分，活出那个真实的自己。不相信老天瞎了眼，不信命，信天道无亲，常与善人。

今年准备带两三个研究生，不为别的，希望活出自己。

2018年10月7日

救　赎

《复活》读后感

半个月亮斜挂天空，柳梢随风轻舞，驻足看了一会儿，想着平时走得太快了，忽略了沿途的风景。人总是这样，春风得意或精神饱满时，总是匆匆赶路，情绪低沉或身体欠佳时，才停下来收拾自己的灵魂。

两个月来高强度的工作节奏，拖垮了日渐疲惫的身体，血压升高，心跳过速，浑身乏力。请中医把脉问诊，未等我开口，即将我的病灶讲出：思虑过甚，先伤了脾，后是肾、肝、心四阳。针灸治疗期间，中医聊起了儒释道，没想到年纪轻轻，却有如此深的造诣，令我深深佩服。中国传统文化博大精深，自己只是小学生，连入门还没有呢，遂萌生拜师之意，可老师说我们是同学，他的谦逊令我汗颜。真正的大家，学问越深越谦卑。这种感受，我也是这两年才慢慢悟到的，读的书越多，觉得自己懂得越少。结束治疗时，我问老师为什么跟我讲儒释道，他说是医心。当天晚上，整个身心从未有的放松,那种婴儿睡的滋味真美。

越成长越谦卑,是对这个世界的尊重和领悟。感叹世界的广阔,明白自己的渺小,似乎有些事情的无能为力也就理所当然了,也算是对自己的一种救赎和接纳。人生的成长,就是不断与那个不完美的自己和解的过程,最后以谦卑恭敬的态度笑对这个世界。

2018年10月18日

心中的桃花源

《查令十字街84号》读后感

我实在百思不得其解,再怎么循规蹈矩的人一霸占起书来都是一副理直气壮的气派。看到此句,想起从不外借书的习惯,不禁莞尔。

每个人都有自己向往的圣地。阅读经典书籍,就是我心中的桃花源,修篱种田,自得其乐。何为经典?朋友间有过争论,仁者见仁,我只读经过时间长河沉淀依然熠熠生辉的作品,生有涯而知无涯,时间如白驹过隙,不能浪费了。

读书的益处,只有好读书的人才能体会得到。每一本书都是另一个魔力世界,阅读似开启一次奇幻之旅,又仿佛冬夜里推开作者的家门,与其促膝长谈,木柴在壁炉里噼啪作响,身上微微发热,轻松惬意,流连忘返。书林中空气清新,湖面清澈,整个世界都是安静的,心灵通透豁达,生活中鸡毛蒜皮的琐事都显得不值一提,浩然之气油然而生。

2018年10月21日

世界是彩色的

《牧羊少年奇幻之旅》读后感

回顾走过的心路历程，18 岁之前懵懂无知，把学习当成负担，脑子也不灵光，又不肯下苦功夫，生活艰困，自卑心重，发下出人头地的誓言，要强力回击社会强加给的不公；18—40 岁虚荣浮躁，追名逐利，嫉妒心强，内心不服气，又不得不向权、利低头，整个心在嗓子眼里，像瓶子里的苍蝇到处碰壁仍死不悔改：40—48 岁经历重大打击，思念是一种痛，放不下化不开，难经得多了，头碰得多了，把颓废当平静，心如将熄的油灯，世界整个是灰色的；中医一语点醒梦中人，收拾此刻的心情，仿佛灰色幕布被揭开了一角，眼前世界开始鲜亮起来。

这种变化是从什么时候开始的，从无意驻足凝视那半个月亮，看到风轻轻托起柳枝？是中医医心的功效？是读《牧羊少年奇幻之旅》的触动？还是知识积累或经历的足够多引发的量变到质变？这都不重要，这一刻的顿悟，是如此美妙，如此愉悦，如此特别，像穿越无垠沙漠突然见到绿洲，像在孤独的漂流中看见地平线。重要的是好好享受，世界是五彩缤纷的，这才是世界本来的颜色。如果心是灰色的，看到的也是灰色的；如果心是死亡的，万物也是没有生命的。此心光明，世界才显露出原本的样子。一刹那的领悟，整整走了49年，不是因缘具足，恐怕一辈子都不可能悟道。一切还不晚，来得及，一切又刚刚好。

感谢生命中为这一刻的顿悟所经历的苦难、幸福、快乐、悲伤，感谢那些支持过我或打击过我、赞扬过我或诽谤过我的善知士，感谢母亲、妻子、姐妹对我的不离不弃，让我满身伤痛时有个疗伤的地方；谢谢所有的一切，一切都是最好的安排！

2018年10月23日

给孩子自由拥抱世界的能力

《安妮的绿山墙》读后感

树下乌鸦、乌龟、猴子、企鹅、大象、金鱼、海豹、狗列成一排，一个人对它们说："为了保证公平，每个人都必须接受统一的考试：请爬上那棵树。"漫画讽刺的是当下的教育体系。

看到这幅漫画，想起前段时间关于孩子教育的争论。甲方认为孩子不能输在起跑线上，应该给孩子报学习班；乙方认为女孩七岁男孩八岁前精气未满，避免过早消耗，过了七八岁年龄，再让孩子学习围棋、一门古乐器和游泳，他认为围棋能培养孩子的大局观，古乐器使孩子具有丰富的想象力，游泳锻炼孩子的体魄，其他的交由学校老师教育。双方争执不下，各说各的理。争执来自对成功的定义不同，甲方要的是如我所愿，参照物放在了外界的认可，把孩子修剪成自己想象的样子，束缚了孩子成长的空间；乙方要的是如他所是，不认可成功只有一种标准，使孩子有了各种可能。爱因斯坦曾经说过："每个人都是天才，但是如果你以爬树的本领来判断一条鱼的能力,那它终其一生都会以为自己是个笨蛋。"

对于孩子的培养,也曾与爱人聊过这个话题,我们的观点是该玩的年纪让他好好玩,只给孩子报了感统课程,这个课程分为动态和静态两节,主要锻炼孩子的协调能力。作为父母,我们重视两种能力的培养:一个是爱的能力,通过营造和谐的家庭氛围,有空多陪着他玩,让他感受到父母的爱;另一个是礼仪和规则的引导,培养孩子良好的生活习惯,其他的让其自由生长。

生命的价值是什么?这是个终极哲学命题。想起金庸老先生讲过的一句话"侠之大者,为国为民"。如果不能成为大侠,做好自己,何尝不是一种成功呢!

2018 年 10 月 31 日

怜取眼前人

《爱你就像爱生命》读后感

两个人谈恋爱,花前月下说不完的话,恨不得朝夕相伴;等结了婚,柴米油盐酱醋茶,男的大裤衩子葛优躺,女的蓬头垢面唠叨嘴,彼此怨恨怎么瞎了眼找这么个人。人还是那个人,大相径庭不外乎是心境变了。恋爱时如孔雀开屏,把最好的一面展示给对方,缺点被优点的光晕遮盖。生活在一起,“你是我的人了,可以按我的意愿改造”,硬生生折断了彼此的优点,变成互不欣赏、互相打击的对手。独身主义也不可取,阴阳失衡易引发心理或生理疾病。独身者给人自由自在的感觉,殊不知一个人最大的烦恼不是问题需要独自解决,是没有人知道你此刻已心乱如麻。

相濡以沫的爱情,是不同身体里住着同一个灵魂,以彼此尊重为基础,有效沟通为前提,共同成长为目标。

彼此尊重为第一要义,不要奢望谁能改变谁,那是瞎扯淡,徒劳无功伤人伤己。中国人是以家庭为基本单元的,“家是最小的国,国是千万家”说的就是这个理,和西方个体为主有很大的差异。尊重对方的家庭,适应对方的习惯,留有自己的空间。

有效沟通是第二要义,不说不行,说多说少因人而异,只提醒一点,有话不能随便说,更不能说假话。很多夫妻间谈话有个误区,想着是自己人,在外面说话拿捏回家就可以放松,这个是错误的。把爱人当同事就好把握说话的度了,如果把爱人当领导境界更高。

共同成长是第三要义,这个最有趣,前面两点做好了,夫妻和谐相处,加上这点,就到了红袖添香的层次。试想一下,夫妻好比矿工,发掘对方的优点如找金矿,越挖越想挖,如果金子没了,矿工留下来干吗?可以找共同的爱好,一起努力学习;也可以放大自己的优势,把长板做得更长。总之,不要让对方把自己落得太远,一起走在路上才不孤单。

婚姻更需要经营,临渊羡鱼不如退而结网。愿我和你,是一支唱不完的歌!

2018 年 11 月 4 日

朝圣之旅

《文化苦旅》读后感

大学之道，在明明德，在亲民，在止于至善。我的朝圣之路，是希望有生之年，能读遍国内外经典名著，走遍祖国名胜古迹。

读书，是一个人的孤独。有苦涩，有沉重，有一声叹息，有会心一笑，很多想不明白的事，先贤早已给了我们答案。回顾朝圣之旅起点，还要感激在开封工作的这段时光，晚上有大段闲暇时间，带着员工读书，慢慢地读书成了生活的主要方式，一天不读书，浑身难受，总觉得少了什么。白天闲暇之余读，晚上整小时读，坐车读，时间就是这样挤出来的。读书也能静心，沉浸其中，烦恼无影无踪，内心一片宁静。

旅行，是一个人的狂欢。读万卷书，行万里路，书中描绘的景致，如果不亲见，靠想象总是南辕北辙，也难以深刻领会作者的心境。想去的地方太多了，朝辞白帝彩云间，却话巴山夜雨时，昔人已乘黄鹤去，大漠孤烟直，数不胜数，常常勾引着，牵挂着，有背包就走的冲动。八月份,几个好友自驾,沿黄河走了一趟,饱览大好河山,品尝美酒美食,感悟厚重文化,整个行程轻松愉悦。随定下了每年做足功课,带孩子出去走走的决心。

读书长的是知识,旅行扩的是见识,精神和身体总在路上,人生就是一段完美的旅程!

2018 年 11 月 9 日

外婆桥

《边城》读后感

读沈从文先生的作品集，鲜有惊艳的词语和脍炙人口的绝句，犹如夏日的夜晚，满天星空下的庭院，铺几块凉席，外婆边摇扇子驱赶蚊子边讲故事，娓娓道来，引人入胜。讲完一个，老人看着听得入迷的晚辈微微一笑。半天没有声音，孩子们才意识到故事已经讲完，一个个方回过神来，缠着外婆再讲一个，故事一个接着一个，直到大人哄着去睡觉。夜深人静，故事的主人公纷纷从月亮上走下来，陪伴孩子进入梦乡。外婆的故事成为童年最美好的回忆，长大后不经意被勾起，嘴角微微上扬露出会心的一笑。

文字的最高境界不是华丽词语的堆砌，是眼前景致口头语，盖极高寓于极平，至难出于至易。正如李白的诗词广为传诵，老少皆能脱口而出诵读几篇。回想自己的读书笔记，由前期的牵强附会到追求华丽词语再到返璞归真，境界自是不同，看似随意、平实，形散神不散。何也？心静。

杨绛先生百岁寿诞写过一段感言:“我们曾如此渴望命运的波澜,到最后才发现:人生最曼妙的风景,竟是内心的淡定与从容。我们曾如此期盼外界的认可,到最后才知道:世界是自己的,与他人毫无关系。”

2018 年 11 月 14 日

沙里淘金

《遥远的救世主》读后感

朋友看此书匪夷所思地上瘾，看过却总结不出来东西，推荐给我是想听听我的看法。拿起来读有应付的意思，还有轻慢的成分。平时只读中外名著，提高了眼界，读此书就像开惯了奔驰突然换了夏利的感觉。只是受人之托，还是硬着头皮读了起来。

读着读着，突然意识到自己着相了。读书不是挑刺，吸收营养提升自己才是目的，哪怕一句话有触动即是收获。如果开始就怀疑，处处找作者的错误，失去的是读书带来的愉悦，也很容易错过书中的金子。虽然都是在看书，沙里淘金和鸡蛋里挑刺，境界之差天壤之别。于是，端正态度，认真地读完。

读书也是一种情怀。也许书并不是经典好书，只是恰在那个时候，碰触了我们心中的某些情感而已，所以记忆深刻，所以念念不忘。

2018 年 11 月 16 日

心底清静方为道

《见识》读后感

本书起因于《硅谷来信》订阅者讨论最集中的话题，作者结合自己的认知回复来信，久而久之集结成册。起名《见识》是作者觉得人一生的命运其实在很大程度上受限于人的见识，而命运改变首先需要见识的提高。作者谈得很杂，有工作、生活、投资等，章节之间跨度较大，我在读的过程中，试图发掘作者的核心思想，直到读完还是久思不得，偶然触动，瞬间贯通，作者其实在讲人性。

本书对屡遭挫折的人很有帮助，讲的道理简洁朴素，方法精练实用。正因为易懂易学，初入职场者反倒不信。了解人性即为智慧，善加应用可改变境遇，度把握不好，易落入厚黑学的层面，为达目的，投其所好，不择手段，甚至违法乱纪。何也？利益使然，荆棘从中好下步，明月帘下难转身。然天网恢恢，疏而不漏，欠的债终究是要还的。

破除厚黑需要东方智慧。儒家讲格物、致知、诚意、正心、修身、齐家、治国、平天下。从法、理、仁、德，逐步递进，最后入道。道家的独善其身，讲的也是修身，道法自然，贵柔守雌。佛家讲诸行无常诸法无我涅槃寂静，不来也不去，无生也无死。三家之言，才为大道，诚实不虚！大道至简，上士闻道，勤而行之；中士闻道，若存若亡；下士闻道，大笑之，不笑不足以为道。

2018 年 11 月 22 日

渗到骨髓里的孤独

《麦田里的守望者》读后感

见过两个自闭症患者，一个自残，一个伤害他人。他们的父母都是脸色灰暗，眉头紧锁，精神紧张，人看上去比实际年龄衰老许多。他们的父母都没有意识到，紧张的情绪会传染给孩子，自闭症者不会或不愿表达，但他们都有敏锐的捕捉力，紧张的气场会更刺激他们，对治疗于事无补。

想起孩子的教育，我还是想多说几句，每个家庭都希望他们好，只是目的相同，方法却大相径庭。这里不谈对错，只是想表达我自己的观点而已。父母总希望孩子成龙成凤，给孩子画了圈圈，以为这样是对他们好，往往好心不一定会产生好的结果，“如我所愿”恰恰限制了孩子的发展空间。父母是孩子终生的老师，孩子是父母的复印。作为父母，更多的是要给孩子营造爱的环境，培养他们守规矩的良好习惯，锻炼其体魄，防止被不好的外物或思想侵蚀，有这些就够了。其他的，让孩子自由生长，才会没有天花板，也就是“如他所是”。这样的孩子，人生至少不会差了，而且会有各种可能。

每一个孩子都是落入人间的天使，好好爱而不是过多地干预和控制，成功的标准是多样的，就像这个多样的世界。

2018 年 11 月 30 日

不畏浮云遮望眼

《呼兰河传》读后感

本书由萧红两部长篇小说《生死场》和《呼兰河传》集结成册。

初读时看不懂，翻了一半放下了。拾起来重读，依然感觉压抑。也许年代久远，无法理解那人那景那世道。可我认为，一部好的文学作品，不应回避苦难、矛盾，甚至是龌龊，但要给人希望和力量。如果只有苦难和沉重，活着的意义又在哪里呢？《罗素自传》序言中有段话：我为什么而活着？对爱情的渴望，对知识的追求，对人类苦难不可遏制的同情心，这三种纯洁但无比强烈的激情支配着我的一生。

正如罗曼·罗兰所说：生活只有一种英雄主义，那就是认清生活的真相之后依然热爱生活。

2018年12月3日

附赠一首诗：

为了看看阳光，我来到世上

[俄罗斯]巴尔蒙特

我来到这个世界为的是看太阳，
和蔚蓝色的田野。
我来到这个世界为的是看太阳，
和连绵的群山。

我来到这个世界为的是看大海，
和百花盛开的峡谷。
我与世界签订了合约，
我是世界的真主。

我战胜了冷漠无言的冰川，
我创造了自己的理想。
我每时每刻都充满了启示，
我时时刻刻都在歌唱。

我的理想来自苦难，
但我因此而受人喜爱。
试问天下谁能与我的歌声媲美？
无人、无人媲美。

我来到这个世界为的是看太阳，
而一旦天光熄灭，
我也仍将歌唱……歌颂太阳，
直到人生的最后时光！

单相思

《萧红文集》读后感

前几天刚读过萧红的《生死场》和《呼兰河传》两部小说，写了篇读后感，引起朋友们的关注，朋友说萧红是他们的女神，很是崇拜。于是网购了她的文集来读，看到封面的照片，突然想起了中学同学秦红，她们长得有点像。

我和秦红初中一个班，她坐在我前面一排，瘦瘦的，头发不长有些卷曲，仅仅到脖子处。在老师眼里，秦红是个听话的好学生，学习成绩一直靠前。我得罪过她两次，一次是吐痰，吐到她头发上；一次是拿洋火弹着玩，烧了她后脑勺的一小撮儿头发，就是使火柴棒与磷片成直角，用手指弹出去，看能不能把火柴棒点着，看着点燃的火柴抛物线滑落。现在看真是无聊透顶，那时却玩得不亦乐乎。两次被发现后，她都拿书砸我，然后哭着跑出去，过一会儿又安安静静地坐在前排看书。高中分文理，我选择了理科，她选择了文科，也就不在一个班了，偶尔下课时会碰到。那时候，一门心思想着玩，对她印象不深。

因为打网球的原因，初一至初二的时候，我学习成绩不太好，连老师都认为我考不上高中。初二退役后，我就把精力用在了学习上，当老师知道我考试通过后，她都不相信，至今还忘不了她那不可思议的表情。那时，我也觉得自己不行，父亲曾经找熟人让我去体育学校，将来做运动员。但因为身段还没有女的高，教练看了我一眼，就被刷下来了。那时候也没有测骨龄的，谁知道我高中以后开始疯长，在班里站队每年都往后排，也不知道把我刷下去的教练会不会后悔。

由于前期基础较差，我在高一的时候，仅仅分到了普通班，很是不服气，下决心学习，一年以后就进入了重点班。正当我踌躇满志想要好好学习，将来考上大学的时候，发生了一件事情，彻底断送了我的大学梦。事情是这样的。到了高中，院里发小每天约着下课后回家，路上东拉西扯地瞎聊。他们三个进入青春期比我早，有时候老谈一些谁跟谁的事，我也就听听而已。不知道哪一天，在放学回家的路上，他们告诉我说秦红很喜欢我，对我有意思，我听得很是诧异，笑笑说不可能。

开始说的时候，根本不相信，只当开玩笑。架不住常说，慢慢心就动了，胡思乱想，再也没心思认真学习了。总想着能见到她，下课就在她教室（她在二班，我在一班，两个班挨着）门口转，路过时放慢脚步偷偷隔着窗户玻璃往教室里瞅,看她在不在。遇上了,假装是偶然碰见。晚上也老惦记着,大冬天穿着军大衣,骑二八自行车跑到她家路边,每晚看着屋内的灯灭了再骑车回家,冻得鼻涕直流。她家住在南阳路的最北头,周围是一片麦田,我家在南阳路肉联厂家属院,骑过去需要二十多分钟,那时总觉得路很窄很长,路灯昏黄。她家比邻马路,院子特别特别大,四周有围墙,不知道是她家的还是单位的,院子南边长满了很高的荒草,北边是平地,有五六间平房。院子地势低,去往院子需要有一段十几米的下坡,在马路边就能看清院内的情况,站累了就坐在自行车后架子上,舍不得走。有一次看到她端着盆出来倒水,激动得一晚上没睡觉。

那时的感情很单纯,暗恋有一年左右,始终不敢表白,不像现在的孩子胆子特别大。后来,那哥仨也喜欢上了她。有一天晚上,我正在家复习功课,其中一个约我出来说有事,到了南阳路办事处其中一人父亲的办公室才知道是摊牌。他们仨面向我,两个坐着,一个靠着桌沿站着,问我是否向她表白过,我说没有。他们说哥们儿也喜欢上了她,因为是我先喜欢的,再给我一周的时间,如果我不说,他们就会表白。我说放弃,你们爱谁说谁说,然后就回家了。当时很气愤,心里想:什么人哪。从此连朋友都不做了,捎带着恨上了她,不再跟她说话,看见就当没看见,头一抬就过去了。有天课间休息,她在墙边拦着我,问我为什么不理她。当时快要上课了，人比较少，我脸一红，一声不吭走了。听说他们仨先后被拒，我也没放在心上，认真做着高三后半学期的功课。

高中毕业后，很久很久没有见过面。同学聊天说了一些她的情况，说是在哪儿见过，又听说在上海发展，嫁给了个上海人。很偶然的机会，晚上加班从单位出来，在花园路见到了她。她开了家广告公司，离我工作的省建行很近，我去坐了坐，没敢问她婚姻状况。她开车让我陪她到百货大楼附近买衣服，到地儿一看是内衣店，红着脸就出来了，自己打的士走了，自此再也没有联系。前年发小相约请小学老师吃饭，说起她还在郑州发展，很想知道她的近况，几次追问发小她的联系方式，未果，渐渐也就淡了。今天看到萧红的照片，脑海突然蹦出她来。

虽然连手都没有拉过，也许她还不知道，曾经有一个懵懂的少年对她心驰神往朝思暮想。时间都过去了三十二年，现在回想起来，依然觉得特别美好。也许是人老了，总爱回忆往事，那些以为忘却的过去，原来都还在，不曾逝去，不曾褪色，恍如昨日。

唯愿她一切安好！

2018 年 12 月 6 日

初　雪

《石评梅文集》读后感

如恋人的密语
轻轻缓缓
悄然而至

如诗人的哀愁
洋洋洒洒
不约而至

初见
喜了欢喜人
悲了伤悲人

再见

化为原始态

润了万物生

2018 年 12 月 11 日

论尊重

《人性的弱点》读后感一

我性子急，追求完美，工作要求高，琢磨明白的事就干。事物都有两面性，不好的表现是整天绷着脸爱批评人。我从不批评前台干部和员工，他们在一线冲锋，非常不容易，不能让他们流汗还流泪。但对于后台部门干部要求很严格，希望支撑好前台的发展，对工作拖延或推脱责任的人和事，批评起来不讲究方式方法，直接且严厉。同事们也在民主生活会上两次提到这个问题。

没有彻底认识这个错误之前，我为自己狡辩，认为自己出发点是好的，是他们做错在先，我是对事不对人，时间长了同志们会理解的。随着阅历的增长，才认识到自己的错误。每个人都渴望被赞美和被尊重，批评、指责和抱怨于事无补，甚至会走到对立面，更不利于工作的开展，还会坏了自己的心情，换个方式会有更好的效果。于是，承诺不发脾气，恳请大家监督。自此，对每个员工都是真诚的而不是应付的微笑，由衷地赞美对方，遇到不满意的人或事，心里也不着急，站在对方的角度思考，温和地给予建议，嘴上的业障消除了大部分。

尊重他人必须消除我执。我，二戈反背。戈是古代的一种兵器。两个戈背对着背相连相击，既相互割裂斗争，又相互依存统一。古人早就把人生参悟透了，“我”字造得真是深奥精妙至极。人生最大的敌人就是自我，把自己看得越重，自我冲突也就越猛烈，懂得谦卑，才能获得平和。孔子讲“三人行必有我师”，老子讲“胜人者有力，自胜者强”，都是在提醒我们要破除我执。

往者不可谏，来者犹可追！

2018 年 12 月 23 日

论争论

《人性的弱点》读后感二

当遇到不同意见时，第一反应往往是辩解，从各方面证明自己观点正确，这是芸芸众生都有的状态。智者却不是这样，他们懂得知识无涯，兼听则明，不同的意见能帮助避免可能出现的错误，会心生感激。争论的结果没有赢家，争论赢得不了对方的尊重，反而可能失去友谊，也会使小人更加记恨，为了找回面子，他们会处处给你小鞋穿。

遇到争论，首先学会倾听，听对方讲的内容，找到其合理的部分；还要听内容背后的故事，每个人经历不同，看问题的角度也不一样，都有自己思考的逻辑；更要注意情绪，有时候对方纯属玩笑，有时候是无理取闹，有时候仅仅是为了面子，没必要较真碰硬。其次是学会引导，对合理的部分充分肯定，给予的帮助衷心感激；对不认可的，不争论，求大同存小异，正如世界上没有同样的一片叶子，因为有差异，世界才丰富多彩。再者，增长本领的办法只有一个，想明白的事大胆去干去闯，实践是检验真理的唯一标准，纸上谈兵不如躬行，数据不会骗人，事实胜于雄辩。

面对失败，也要有正确的心态。谁都不是万能的，错了就错了，勇于纠正，从头再来罢了。不要在意那些事后诸葛亮的说法，这样的人本就不值得理会，徒增烦恼而已，要珍惜那些事前和你争论失败后拍拍你肩膀告诉你没事的兄弟，人生是马拉松不是百米赛，笑到最后的才是王者。

有人说，真理越辩越明。这话也没错，和志同道合的人争论是乐趣，友直友谅友多闻是我们的福气。反之，赢得争论的方法只有一个，那就是避免争论。

2018年12月23日

论人性

《人性的弱点》读后感三

关于人性之争自古有之,孟子讲人之初性本善,荀子说人之初性本恶。我们不论孰是孰非谁对谁错,都对也都片面。

人是具有两面性的。老话说:人为财死,鸟为食亡。面对难以抗拒的诱惑,善良的人也会魔鬼附体,胆怯的人也会变得疯狂。马克思有段经典名言:"资本家害怕没有利润或利润太少,就像自然界害怕真空一样。一旦有适当的利润,资本就大胆起来。如果有百分之十的利润,它就保证到处被使用;有百分之二十的利润,它就活跃起来;有百分之五十的利润,它就铤而走险;为了百分之一百的利润,它就敢践踏一切人间法律;有百分之三百的利润,它就敢犯任何罪行,甚至冒绞死的危险。"事情也非绝对,放下屠刀立地成佛的不在少数。辩证唯物主义强调矛盾是普遍存在的,坚持两点论和重点论,看待事物才能全面、客观。

洞悉人性不是为了占有或者索取,反之,就会落入厚黑。初心必须是真诚的，僵硬的动作或表情会出卖你的内心，在智者面前无所隐藏，如见肺肝，他们甚至能从空气中闻出阴谋的味道。同时，合作还要建立在双赢或多赢的基础上，己所不欲勿施于人，谁也不是傻子，一两次也许可以蒙骗住对方，时间长了必然隐藏不住，失去的就不止一个人心了，他会告知周围的朋友你是个什么样的人。建立信任很难，需要日积月累，失去它却很容易，一秒钟就够了。

人性是经不起考验的。面对诱惑，以法律为准绳，不破底线不踩红线不碰高压线，才能随心所欲不逾矩，自由自在做自己。

2018 年 12 月 23 日

宣　言

《大学》读后感

目标:穷则独善其身,达则兼济天下。

科目:精读"四书""五经"。

路径:勤而行之,知行合一。

2018 年 12 月 29 日

我是谁

《一个人的朝圣》读后感

茉莉花和茶叶泾渭分明，条形饱满的绿茶静静地待在水底，茉莉花苞舒展开来，轻轻地浮在水面。一缕水汽袅袅升起，散发着似有似无的茉莉花香。哈罗德一个人的朝圣，勾起了我的沉思：我是谁？从哪里来？往哪里去？

生活中藏着那么多黑暗和磨难，就像奥特曼打小怪兽，打了一个还有下一个，抱怨不知道什么时候是个头。有的被打回原形成为废柴，有的忙忙碌碌低头苟且，有的表里不一口蜜腹剑，有的抵御不住诱惑滑向罪恶的深渊……也有的不断求索，在黑暗之中寻找光明。

成长是一次又一次战胜自己的过程，无论是鼓起勇气迈出第一步，战胜精神孤独或者肉体疼痛，承受尖刻批评或异样眼神，忍受莫名误解或不理解，抚平藏在艰辛旅程深处内心的烦躁……跨过去了，世界就是你的。

诚实地做真我比扮演他人更为重要。

做人要不卑不亢，不骄不躁；做事要穷则独善其身，达则兼济天下；学习要读万卷书，行万里路；家庭要孝敬父母，兄友弟恭，举案齐眉，言传身教。

呷口茶，满口生津，花朵吸饱了水，缓缓地沉入杯底，就像这人生，热闹之后终要归于沉静。

2019年1月4日

无　用

《讲学札记》读后感

《道德经》第十一章讲：三十辐共一毂，当其无，有车之用。埏埴以为器，当其无，有器之用。凿户牖以为室，当其无，有室之用。故有之以为利，无之以为用。

读书，既要读专业的书籍，把握行业规律，成为行家里手；也要阅读其他类的名著，开阔眼界，提升素质，更好地融入社会，甚至反哺于专业。古今中外很多先贤既是大家也是杂家，亦是同理。

人当培养读书之心情，则必会产生读书之趣味。我在大学讲课期间，曾多次问过学生同一个问题：包括专业辅导材料，今年你读了多少本书？十本二十本时还有学生举手，三十本以上的基本没有。每年读十本书，人们会认为没有什么了不起，觉得轻轻松松就能做到；到了五十本，开始享受读书带来的愉悦；累计超过一百本时，进入量变到质变的阶段，你的气场开始发生变化，人的气场是很玄妙的东西，见不到，说不出，却影响着身边的每一个人；坚持五年、十年甚至毕生追求，后面的阶段我也未曾经历，想来定是妙不可言。《大学》里有过描述:“至于用力之久,而一旦豁然贯通焉,则众物之表里静粗无不到,而吾心之全体大用无不明矣。”这就是读书与不读书、少读书和多读书的不同,不能以具体距离计,用天上和地下形容不为过。

《平凡的世界》里晓霞对少平说:“千万不能放弃读书!我生怕我过几年再见到你的时候,你已经完全变成了另外一个人。满嘴说的都是吃;肩膀上搭着个褡裢,在石圪节街上瞅着买个便宜猪娃;为几根柴火或者一颗鸡蛋,和邻居打得头破血流。牙也不刷,书都扯着糊了粮食囤……”这大概是对不读书最直观的阐述了。反观自己,读书的目的,并不是要取得多么伟大而卓越的成就,而是在于当被生活打回原形,陷入泥潭遭受挫折的时候,给自己一种内在的力量,能够安静从容地去面对,有足够的把控能力。

就读书者而言,反而越读书越谦卑。所谓诚于中形于外,外表平实亲和,重视内心的感受,忙着追求“至善”的目标,乐在其中,自动屏蔽了外界的纷扰。动物界中,鸡鸭讲话不是同一种语言也不在一个频道,鸡寒上树鸭寒入水,各走各的道,彼此都觉无趣。正是:读书处处有个我在,行事桩桩少对人言。

大道至简,众生却反其道而行之。呜呼!

2019年1月6日

本自我立

《老张的哲学》读后感

跟许久未见的挚友畅聊，说起以前的我冬天总穿同一套深色大衣，整个状态颓废得让人心疼。现在虽然瘦但很精神，高领毛衣，大衣颜色、式样时尚，给人惊艳的感觉。还说起郑州的老同事对我仍停留在以前的印象里，殊不知这四年我在开封进步神速，方方面面评价很好，领导说非常优秀，同事敬重敬畏，朋友说老高可交，就连很挑理的一位同事说起我批评他时，那个样子不是气愤，而是感到很自豪，还专门编了一首打油歌，要唱给我听，其中有一句：要赚钱跟着他。

我们还聊到刚来开封时的青涩，甚至可以说是幼稚，心高气傲，想起一出是一出，说起话来滔滔不绝，其实是自卑的表现。现在成熟了，心态平和，不急不躁，该说的说不该说的不说，思虑周密稳妥，处理复杂问题果断有效，很难缠的人也能摆平，很是令人佩服。挚友的肺腑之言令我感动，交诤友乃一大幸事！

聊起成熟的话题，朋友以自己举例，我是完全认可的，至于其背后的故事，实不敢苟同。成熟不是手段高明，不是巧言令色，更不是外表老实心机深重的口蜜腹剑，那只是方法、技巧、小道，却不是根本，无论伪装得多么巧妙，桥段演得如何逼真，谁都不是傻子，总会看出来的。本是内心善良，舍本逐末，于人心何益？成熟不是位高权重，德薄而位尊，这样的人在乎的永远只是自己，于社会何益？于家庭又何益？

本自我利，只有利好了己才能利他；只利他而不利己，路走不长远；只利己而不利他，必落入厚黑。唯有利己利他，才能走到更高层次，即本自我立。那时的你，会成为一道光，照亮了自己也温暖了他人。

2019 年 2 月 7 日

经得起折腾

《咆哮营的幸运儿》读后感

人生不如意事十之八九，众生总盯着八九，生活难免过得苦闷，眼前的世界是黑色的或灰色的。相由心生，其脸色暗黄、神情焦虑，常有负重之感。智者却善于转化，常想的是一二，苦中作乐，呈现出的是轻松快乐，眼中的世界是彩色的。找乐和找苦都是在找，可境界不同，差以毫厘失之千里。

梁漱溟说人的一生要处理好人与物、人与人、人与心三种关系，而且顺序不能颠倒。我深以为然。年轻时充满朝气活力四射，追来追去忙得不亦乐乎，无外乎功名利禄，心始终安定不下来。随着岁月打磨，南墙撞多了，才明白生活需要处理好这三种关系。梁老先生未细讲人与人的关系，我把它细分成夫妻、父母、子女、朋友、同事五个关系，而且顺序也不能错。第一是夫妻关系，夫妻是相守的，唯有相敬如宾，家才是休息的港湾，天天锅碰勺谁也受不了；有种错误的认识很要命，结了婚就认为是自己人，甚至是想改造对方,这样的夫妻是处不好的,唯有彼此尊重是不二法门,有事商量着来,家和才能万事兴。其次是与父母的关系,父母在,家就在,能吃上妈妈做的菜是件幸福的事,可惜做到“色难”的有几人?每年能陪伴几天?孝和顺是我们每天要做的功课,别等失去了才后悔,花再多钱当再大官也买不了后悔药。再者是与孩子的关系,有人说孩子应放在第二位或第一位,细想想是不对的,言传胜于身教,家庭是孩子修行的第一道场,你孝顺孩子就孝顺,你做不到,孩子也不会有亲情;社会上流传个笑话,说是中奖五百万除了孩子什么都换,其实孩子是要放手的,我们终将老去,孩子终将独自面对这个社会,父母能留给孩子最好的礼物就是给孩子爱的能力。第四是朋友之间的关系,有朋自远方来,不亦乐乎?可知心的能有几人?热热闹闹的聚会散去却愈发孤独,朋友在精不在多,友直友谅友多闻的挚友,实在是难求。第五是与同事的关系,平时见面最多、打交道最多的是同事,相互间把握好度,近则不逊远则怨,话在巧不在多,既不失言也不失人,把人做好把事做对,一切随缘。

其实,还有一个关系最最重要,那就是人与心的关系,即人与自己的关系。人之所以迷茫,是没有找到自己,每天带着各色面具,结果把自己丢了。假如把每一天当成最后一天来过,很多事情就想开了。人生说来很长其实很短,如白驹过隙,只在呼吸之间。

生活是一场修行，愿你我寻一份心安的静谧，活成自己渴望的模样。

2019 年 2 月 26 日

论宽恕

《培根随笔集》读后感

夫子之道，忠恕而已矣。朋友能让我们走得长远，小人却能让我们走得稳当。

有朋自远方来，不亦乐乎？朋友是志同道合之人，三观相合，兴趣相投，无话不谈。诤友更是难求，得一足矣。心情苦闷不能给家人讲，不能与同事说，唯有朋友让你放心，恨不得前因后果事无巨细一吐为快。倾诉不一定是为了得到答案，很多时候只是发泄情绪，说完一身轻松，老憋着会引发心理或身体疾病。益者三友，朋友的话可能不中听甚至刺耳，正所谓良药苦口利于病，忠言逆耳利于行。对朋友要心怀感恩，朋友就像一面镜子，能正衣冠明得失。

小人闲居为不善，无所不至。小人看不得他人的好，人之有技，媢嫉以恶之，人之彦圣，而违之俾不通，实不能容。老话说，宁得罪君子不得罪小人，讲的是天灾不担心，怕的是人祸。小人之使为国家,灾害并至,虽有善者,亦无如之何已。纵观二十四史,无外乎腐败与反腐败、正义与邪恶的斗争史。君子斗不过小人,小人败给历史,历史又启迪后人。小人既是后人的教科书,也是君子的老师,正是他们无所不用其极,君子才成其为君子。

孔子讲以德报德,教给我们如何报答君子。浙江一道观楹联上写有"人有千算,天则一算",《道德经》讲"天道无亲,常与善人",《大学》始教"惟命不于常,道善则得之,不善则失之"。善良就像冬夜里的一道光,照亮了自己也温暖了他人。

孔子说以直报怨,讲的是应对小人之策。君子当行阳谋,对于小人,要以利使奸,以智防奸,以忍容奸,以力除奸,还天道朗朗乾坤。

2019 年 3 月 10 日

不负春光

《我的大学》读后感

司马迁在《报任安书》中讲："盖西伯拘而演《周易》；仲尼厄而作《春秋》；屈原放逐，乃赋《离骚》；左丘失明，厥有《国语》；孙子膑脚，《兵法》修列；不韦迁蜀，世传《吕览》；韩非囚秦，《说难》《孤愤》。《诗》三百篇，大底圣贤发愤之所为作也。"高尔基也是饱经苦难，写出了自传体三部曲，展现了对生命的渴望、无畏与坚强。

大道至简，要想真正懂得需在事上磨。年轻时浮躁，追名逐利，碰得灰头土脸，怨恨世界的不公；中年时彷徨，苦苦思索，左右摇摆；临近知天命的年龄，找到本我，心从此安定下来，坦诚过好每一天。过去所有的迷茫无助，如今都是笑着说起，内心宁静平和。

人生如登山，既要偶尔往上看，知道努力的方向，不能停下追求梦想的脚步；更要经常往下看，控制住那颗叮叮当当的心，不盲动不造作，一步一个脚印走好当下的路，不负这明媚的春光。

2019 年 3 月 17 日

心，是一座未见的山

《愿人生从容》读后感

黄酒如江南的美女，甜美温柔，味蕾果香，不留神儿会着道。相比较而言，北方的酒入口即辣，整瓶喝得掂量掂量酒量和酒胆，心里是加着小心的。老门东民国红公馆要了当地酒，一口一杯豪气干云，两瓶女儿红很快下肚，出门小风一吹，浑身发热头开始晕，方知温柔乃是陷阱，心甘情愿掉了进去。

安躺在民宿门口的摇椅上，懒散惬意，跟着音乐轻声哼唱。月亮躲了起来，云儿层层展开，随意散落在紫金之巅，鸟儿停止了白日的喧闹，唯有清风裹着些许寒意徐徐而来。守夜的大哥担心我着凉，端来一杯热水，暖手暖心。反正也睡不着，和他聊起来。询问其年龄，比我整整大一轮，12 岁时因成分不好随父亲到苏北农村改造，凌晨便要起来捡拾牲畜粪便，好给庄稼上肥，整日里吃苦受累，经常忍饥挨饿，至今谈起仍心有余悸。后来接父亲班，事业单位技师岗位退休，月拿 9000 余元，家有三套房子，自己住一套，儿子和儿媳住一套,另一套对外出租。穷怕了的缘故,年纪已是62岁了,依然晚上出来打工。聊起儿子想换个20多万的车,一脸舍不得。他讲的南腔听不全懂,但我能理解他的感受。我小时候家里也穷,面条都是清汤寡水的,放几片菜叶,切一个西红柿,滴两滴香油,一顿饭就有了,由于不顶饥,过不了俩小时就又饿了,过年才能吃顿肉。现在生活改善了,骨子里还是跟不上时代,吃饭穿衣都是省着来,连爱人都说和我有代沟。

现在的年轻人,没有经历过物质极度匮乏的年代,很难理解穷怕了是什么滋味,怎么高兴怎么来,活得自由洒脱,着实令人羡慕。学着开始改变自己,从着装入手,一点一滴,生活自此有了品质。品质不是指品牌,适合自己才是最好的。就像朋友自己动手做首饰衣服,淘些居室小物品,配上些植物,等等,虽然不贵,但很有生活情趣。

活在当下,从容自在,不将就,也不作。

2019年4月6日

半个月亮爬上来

《太阳照常升起》读后感

一阴一阳为之道。结婚久了,激情退却,剩下的是亲情。两个没有血缘关系的人走到一起,彼此当好好珍惜,千万别作。实在是道不同,妥善解决,因爱生恨不可取,走到一起是前世修来的,没必要彼此伤害,谁赢了谁又输了,都没有赢家,彼此怨恨又何苦呢。

中庸之道讲花未全开月未圆,这个度很难把握,彼此舒服就是最高境界。既不能辜负身体,也不能辜负灵魂,两者不可能齐全,看你图什么,是家里营造爱,还是出去找爱,这是个问题,取决于你想有什么样的人生。想明白了,就是解脱。

人之所以成佛是人间正道是沧桑。体会来自实践,痛苦亦如此。人生不如意事十之八九,智者只看一二。既然快乐也是一天,痛苦也是一天,为什么让自己痛苦呢?睡不着觉是因为你不瞌睡,你在随波逐流,不知道放下才能解脱。没有什么是放不下的,把每天当作最后一天活,也许就释然了。

天下熙熙攘攘皆为利来利往,看透了也就明了了。子在川上曰:逝者如斯夫,不舍昼夜。学会舍,当下寂静。

2019年4月13日

妻子好合　如鼓琴瑟

《少年维特的烦恼》读后感

维特与绿蒂的爱情，因为维特的至情至性显得干净而纯粹，也因为维特自杀免去了世俗的家长里短生活琐事而留下传奇。当男女爱情回归到生活琐事，再优秀的两个人，没了距离，一个屋檐下晃荡，所有缺点都无法隐藏，瑕疵尽显，互相嫌弃，再加上围城内的人情关系，融入进去热闹无趣，逃离出来背负闲言碎语，圈在婚姻藩篱里面的两个人，又怎样支撑漫长的婚姻走下去，相濡以沫，不离不弃？

台湾才子李敖与胡因梦三个月的短暂婚姻犹如黄粱一梦却纠缠一生一世。那个被他评为又漂亮又漂泊、又迷人又迷茫、又优游又优秀、又伤感又性感、又不可理解又不可理喻的新女性完美得无可挑剔，仍然在短短三个月的相处中难以为继。所以世间男女，谈情容易，落在婚姻生活里就另当别论了。

我在《爱你就像爱生命》读后感里曾谈到经营婚姻的彼此尊

重、有效沟通、共同成长三要义，囊括了夫妻相处之道和处事之理。男人偏理性，以视觉开始，所以始于颜值；女人偏感性，以感觉代入，越陷越深。无论男女，都有灵魂的缺失，我们终其一生在寻找另一半。如果有幸遇见，希望能在落入凡尘中理解、包容、迁就和承担，共谱爱之歌，一路不孤单。

附赠：

然后就去远行

李　敖

花开可要欣赏，然后就去远行。
唯有不等花谢，才能记得花红。
有酒可要满饮，然后就去远行。
唯有不等大醉，才能觉得微醺。
有情可要恋爱，然后就去远行。
唯有恋得短暂，才能爱得永恒。

2019 年 4 月 23 日

始信从中另有天

《习近平的七年知青岁月》读后感

到了知天命的年龄,内心的挣扎渐渐归于平静。挣扎来自对职位进步的索求。五六年前,省分行组织民主推荐后备干部,自己符合条件,却未投自己一票,下来说起这事,给我投票的同事很是诧异,那时真的是认为自己积累不够。

时光荏苒,经过基层八年的锻炼,把直属二行从亏损带到年盈利1亿元;把发展落后、管理粗放的开封市分行带成全省优秀,实现了三连冠;内控评价、机构风险评价连续两年全省最优;满天飞的告状信不见了,风清气正的政治生态环境已经形成:“合规立行、合规立身、练就金钟罩铁布衫”的现代化商业银行注“魂”正一锤一锤铸就……抬起头来看看,发现自己的年龄与中央和集团要求的干部年轻化渐行渐远。

内心还是不甘的。论专业能力,我有在建设银行十几年多岗位专业经历,有在邮储银行多层级管理经验,每年撰写多篇专业论文，用于总结经验指导实践；论知识结构，读书已经成为我生活的一种方式，每年阅读中外名著超过 50 本，原创读书心得超过 10 余万字，讲话稿、工作报告从来不假手于人；论对党和事业的忠诚，我无比坚定，至今仍是社会和事业的骨干和中坚力量。打一比方，六七十年代的人就像一块冰，父母、老师、领导把我们雕刻成什么样就是什么样；八九十年代的人就像是水，需要更大的容器去装；零零后就像水蒸气，思想更为活跃。

可不服又不行。再往更高层次走，只有这些是不够的。比起习近平总书记七年知青岁月勇闯“四关”坚毅刚强的意志品质、矢志不渝的理想信念、顽强拼搏的奋斗精神、“解衣推食”的为民情怀、科学求实的工作作风、孜孜以求的浓厚学风……内心豁然开朗起来。当官就要为民做主，有机会就为民做更多的好事实事，没有机会就做好当下的工作，造福好一方，培养好年轻人，留下革命化、年轻化、专业化、知识化的青年种子。

想起时常对干部员工说的那句话：老老实实做人，踏踏实实做事，清清白白为官。挺好！

2019 年 5 月 19 日

活成自己渴望的模样

《第二曲线》读后感

18岁时想开个游戏厅，四处找钱未果，还和姐姐吵了一架。上班后想开个酒吧，静吧而不是闹吧，没事约几个朋友喝酒聊天，也因懒散没能做成。到了知天命的年龄，活成自己成为终极目标，对未来也有了明确的规划，把所思所悟记录下来，作为最好的礼物留给孩子，闲时外出讲讲学，传授些管理经验或古典哲学。已编辑出十几万字的读书札记，起名为《像水一样流》；关于零售信贷、个金、信用卡、小企业金融、合规、风控等专业论文和报告已形成初稿，取名为《行思路》；涉及管理内容的《管理杂谈》在不断积累中。

活出自己，说来容易做起来难。人是社会动物，需要与方方面面的人打交道。人和动物有区别吗？动物永远是动物，而人有时候是人，有时候是动物。什么是活成自己？每个人，都是独一无二的，活成自己想成为的样子，而不是别人眼中的自己，套用孔圣人的话，就是从心所欲不逾矩。怎样活出自己呢？需要做好以下几点。

一是心要善、言宜慢。天道无亲，常与善人；唯命不于常，道善则得之；人有千算，天则一算；吉人自有天相……有人说，人善被人欺，马善被人骑，此言差矣，人生是马拉松不是百米赛，活得坦然踏实才是赢家。说话要过脑子，不能张口就来，更不能无事生非，假话不能说，真话不全说，多说鼓励的话，良言一句三冬暖。

二是养成学习的习惯，有一技之长。子曰：学而时习之，不亦说乎？人之所以恐惧是因为未知。先哲留下来的经典书籍是人类的宝库，好读书、读好书、善读书、笃行之，可以医愚，理论指导实践，成为自己的看家本领。因为不可或缺，收入才有保障，只有财务自由，才能心灵自由。

三是正确处理利己和利他的关系。矛盾无处不在，无时不有。面对矛盾冲突，多问问内心求什么，大事讲原则，小事看胸襟，保护好自己的同时多做利他的事。天下熙熙攘攘皆为利来利往是把成功的标准看得太窄了，这个世界是多样的，成功也是多样的。能给你带来持久快乐的，不是当多大官、有多少钱，而是你帮助或成就了多少人。

一个为世界增添风景的人，一个能唤起他人内心温暖与热情的人，是世间难得的珍宝。他们配得上所有最珍贵的情谊，也值得所有发自肺腑的尊重。

2019 年 5 月 27 日

生命有禁区

《种子钟扬》读后感

西藏一直是我神往而不敢触碰的地方。曾经在云南迪庆藏族自治州有过一次高原反应，心跳过速，连夜被送到医院打针、吸氧。就医期间，又来了几个内地年轻人，推车上躺着一个女孩子，病人痛苦的呻吟和同伴焦急的呼喊至今仍历历在目，心有余悸。

面对多种高反和恶劣的野外环境，钟扬以超乎寻常的毅力16年间艰苦跋涉50万公里，从雪山荒原、峭壁深谷、荆棘丛中“收藏”上千种植物的4000万颗种子，用矢志不渝、科学求实、无畏艰险、拼尽全力的“种子精神”，挑战生命禁区，守护着人类绿色的希望、生存的希望，用大爱在雪域高原书写下传奇。

钟扬在《生命高度》一文中讲到：当一个物种要拓展其疆域而必须迎接恶劣环境挑战的时候，总需要一些先锋者牺牲个体优势，以换取整个群体乃至物种新的生存空间和发展机遇。换言之，先锋者为成功者奠定了基础，它们在生命的高度上应该是一致的。

一代人有一代人的使命。因为热爱,所以执着,无论成功还是失败,富贵还是贫贱,声名显赫还是默默无闻,我辈当以“功成不必在我”的精神境界和“功成必定有我”的历史担当,努力走好新时代的长征路。

2019 年 6 月 16 日

沿流不止问如何

《南京人》读后感

到南京旅游，拜谒中山陵、明孝陵，虎踞龙盘景色更宜，一明一民一吴多少帝王占尽地气，历史却是由人民创造的；逛夫子庙和秦淮河，依稀仿佛幻化成风流倜傥的公子与秦淮八艳、金陵十二钗吟诗诵词夜夜笙歌；朱雀桥成了钢筋水泥，乌衣巷窄窄短短的，早已没有了王谢时的规模，留给文人凭诗吊古。

到南京旅游，总统府也是必去的。站在清朝两江总督和民国政府同用过的走廊，刹那间有穿越感，城头变幻大王旗，多少英雄豪杰来了又去，成就着别人的故事。最令我惊奇的是总统府内竟设有一小书店，社会忙着向钱看，景点多是纪念品和地方特产，这里却设有书店，少有之现象，许是和金陵烟水气有关。一头扎进去，挑选了《南京人》《柳林风声》《宋美龄自传》《南京大屠杀》等六七本书，直到朋友阻拦才住手，放到双肩包里沉沉的。

一个城市有一个城市的气质，一方水土养一方人。气质来源于历史、文化，又通过常年居住在这里的男人、女人而显现。南京，出身名门与家道中落，名士风流古风与秀才人情纸半张，挑三拣四与无关风月，人文荟萃与历经坎坷磨难……对立中又如此统一，缺了一样就没有了原来的味道。

《南京人》把市井文化娓娓道来，说的人摇头晃脑自说自话恨人心不古，听的人云山雾罩瞠目结舌咂摸着有味，是本有意思的书。

2019 年 6 月 19 日

纸上得来终觉浅　绝知此事要躬行

《南仁东传》读后感

没有理论指导的实践是盲目的，没有实践验证的理论是空洞的。人类在具体实践中不断总结规律，认知提高后反过来指导实践，以此循环往复，社会才不断得以进步。

现在的年轻人从家门进校门再到单位工作，希望留在大城市或者机关发展，有这种想法的不在少数。对吗？也没有错，大城市生活方便，有良好的教育和医疗环境，较早地接触新思想、新事物、新科技，机会也多。问题是大城市除生活成本高、节奏快、竞争激烈之外，年轻人由于缺乏实战经验，终是纸上谈兵，“东拼西凑”的文件往往让基层无所适从甚至哭笑不得。只有真正接触具体事务，知其然更知其所以然，把书本的知识变成自己的能力，才能担负更重的责任，才不会给基层添“大麻烦”。

南仁东先生用23年干成了一件事，打造“国之重器”——天眼。一些人忙着写论文申请院士，他却埋下头来写报告，深入实地勘察，争取项目落地。与其说南先生是中国天眼项目的首席科学家、总工程师，更准确的是先生自己总结的是“战术型的老工人”。正是科研与实践的结合，成就了天眼项目的落地开花。苏东坡讲：古之立大事者，不惟有超世之才，亦必有坚忍不拔之志。我们要学习南先生科技报国、持之以恒、淡泊名利、无私奉献、求真务实、开拓创新的精神，这种精神是中华民族自力更生、艰苦奋斗的写照，须代代传承。

放下书，计划带孩子暑假期间去贵州克度镇，看看这个藏在深山里的伟大工程，追寻南仁东先生那颗赤子之心和朴实的灵魂。

2019 年 7 月 4 日

木库莲

《额尔古纳河右岸》读后感

琴声思念/春日的鹅黄/夏日的苍翠/秋日的嫣红/冬日的银白/驯鹿人坚定的脚步不变的信仰

琴声悠扬/天是蓝的/云是白的/草是绿的/地是黄的/鹿铃声声伴着驯鹿人歌声悠扬

琴声辽阔/披着白纱巾的远山/躲在乌云后的雷声/流淌的额尔古纳河/拽也拽不住的夕阳/驯鹿人厚实的胸膛宽阔的肩膀

琴声忧伤/生命之河蜿蜒流淌/有出生就有死亡/有忧愁就有喜悦/有葬礼就该有婚礼/驯鹿人与生俱来的豁达顽强

琴声动人/清晨含着露珠的百合/雨后山间升起的彩虹/傍晚站在湖畔的小鹿/黑夜纵情怒放的篝火/驯鹿人优美的舞姿红润的脸庞

2019 年 7 月 10 日

参加自己的葬礼

《摆渡人》读后感

有段时间了,老是感觉不对劲儿。心里慌慌的,静不下来,像在等待一个结果。节奏乱了,着急上火,提不起精神,患得患失。冥冥中自有定数,随手从书堆中抽到《摆渡人》,读了不到五分之一处,脑海里蹦出读后感的名字——参加自己的葬礼。

眼睛摄取外在的形象,还有内省的功能,只是我们往往忽视后者。所以,评价他人容易客观,评价自己主观。特别是谈到缺点,往往内心两个小人打架,最后结果是找一堆理由放过自己。

在自己的葬礼上,是需要对自己盖棺论定的。往深里挖一挖,五十岁的自己有着三气:孩子气、学生气、侠者气。孩子气,情绪随心而动,不懂得隐忍,高兴不高兴时常挂在脸上,一会儿晴一会儿雨的,"中""和"的功夫差之远矣。学生气,决策思虑过慎,做事按规矩来,反之,良心过不去;不唯上,不唯书,只唯实,认定一条路走到黑,即使撞得一头疙瘩,洞明之学和内心良知老打架。侠者气,当官就得为民做主；对不正之风，敢于较真碰硬，容易得罪人，不懂得保护自己；力所能及范围内主动帮助弱势群体，背负的总是责任；尊重过气的领导，看不惯“人走茶凉”的嘴脸，人情练达文章远不及格。

三气皆由“我执”所幻化，出现种种不同之象。说它是对或错皆失偏颇，细细品味好玩得很。生活上有很多东西，生不带来死不带去，带走的也许只有自己和自己的脾气。

迷者师度，悟者自度。无论谁度，都需要把自己往深里挖一挖、晒一晒，最后清清亮亮地再埋一埋。走过半生，很多东西总是看得很透，却很难改变，因为到了最后，还是选择了忠于自己。

如果两个世界中间，真的有荒原，那就勇敢地走过。

2019 年 9 月 8 日

文以载道

《重读先烈诗章》读后感

老话说“熟读唐诗三百首，不会作诗也会吟”，实则不然！文字和气势兼备，方可担个“好”字，尤以气势为胜。

文字不在长也不在短，而要言之有物，是眼前景色口头语，读起来朗朗上口。李白的诗词老幼皆知、耳熟能详，是我辈学习的典范。

气势来自志向。志为气之帅，胸中没有丘壑，是写不出佳作的。如张载“为天地立心，为生民立命，为往圣继绝学，为万世开太平”，范仲淹“先天下之忧而忧，后天下之乐而乐”，夏明翰的《就义诗》“砍头不要紧，只要主义真。杀了夏明翰，还有后来人”，等等，皆气势雄浑，直抒胸臆，喷薄而出，气贯长虹。

文以载道，这个“道”是家国情怀、黎民苍生、天下大同。正唯如此，老百姓才记得他们，作者的生命在文字中得到永生！

2019 年 12 月 1 日

性格即命运

《褚时健传》读后感

褚时健的功过是非历史自会有评价。

分析悲剧式或悲壮式人物的性格特征,往往是出生贫苦或饱经磨难,性格坚韧,不改其志;冷静执着,不惹事也不怕事;开放性思维,善于抓住事物的本质,破解发展困局;追求完美,追求卓越,甚至于苛刻;同行者少,跟随者看不远,改革初始得不到认同,在众多反对或质疑声中强势推动,打破权威,步步惊心,极易受人非议,成功后又很享受众人的崇拜,循环往复,自信心爆棚。国人讲中庸,如不能反观内省,知止而后定,容易走入极端,独断专行,自以为是,悲剧自是不可避免。

往者不可谏,来者犹可追!

2019 年 11 月 25 日

智慧改变命运

《拿破仑传》读后感

拿破仑曾说过世界上只有两种力量——智慧和剑，从长远看，剑总是被智慧所战胜。拿破仑的剑没能征服欧洲，《拿破仑法典》至今仍是欧洲立法的基础。

知识改变命运吗？也对，也不对。知识来源于实践，是人类智慧的结晶，增长知识最便捷的方法就是读书。知识反作用于实践，指导具体工作，掌握知识最有效的路径就是实践。依此循环往复，推动人类社会发展。就如《论语》开篇所讲：学而时习之，不亦说乎？

学历不代表能力。学历只代表学习的经历，能力是完成任务体现出来的综合素质，高学历低能力亦不乏其人。《红楼梦》里说“世事洞明皆学问，人情练达即文章”，大字不识的刘姥姥何尝不是我们学习的榜样？

2019年12月14日

实事求是

《说真话》读后感

毛泽东在《改造我们的学习》一文中，对“实事求是”作了科学的概括：“实事”就是客观存在着的一切事物，“是”就是客观事物的内部联系，即规律性，“求”就是我们去研究。

克服本领恐慌，需要具备乐以忘忧的学习力、深入实际的行动派、解剖麻雀的方法论，还要有群众路线的立场观点。

知易行难。既要防止经验主义，时间、空间不同，事物也不是简单的重复，成功的经验可以参考，但不能完全照搬，形成路径依赖；又要警惕本本主义，知识来源于实践，又反作用于实践，知识不能转化成现实生产力，解放生产力，发展生产力，终究是假把式；更要知行合一，真理开始往往并不被众人理解接受，要耐得住寂寞，有“板凳要坐十年冷”的定力，通过实践检验真理，推动认识改造。

博学之，审问之，慎思之，明辨之，笃行之！

2019 年 12 月 28 日

知　止

《投资最重要的事》读后感

资本市场诡异叵测，天天演绎“宫斗剧”。研究者如过江之鲫，有的谈政策，有的说趋势，还有的从技术、量能等方面分析，写的文章洋洋洒洒，评论起来滔滔不绝，林林总总，充塞耳目。跟风者不在少数，蒙对“砖家”自我表扬，指错的能找出一堆理由辩解。

在我看来，投资是件非常简单的事情，把握好止盈和止损，你就是赢家。

能止损的是大勇。开始即对投资的标的物设定止损位，到了止损价格坚决清仓，不要心存幻想、患得患失，哪怕是卖错了也不后悔。机会多着呢，保住本金比收益更重要。

能止盈的是大智。贪婪和恐惧是人性的一体两面。标的物价格开始上涨，投资者很高兴；涨幅超出了预期，心里开始打鼓；价格继续上涨，内心无比激动、信心满满，追加投资或者捂在手里，试问哪有只涨不跌的呢？结局往往是往事不堪回首。智者会在到了心理价位后，开始倒金字塔式地减仓，逐渐收回本金，用利润部分博取更高收益。

上班族工作繁忙，市场又瞬息万变，如想做投资，可以定投大盘类或消费升级类的指数型基金，大盘股是股市的定盘星，多是白马而非黑马，鲜有超额利润，但收益稳定。消费升级是供给侧结构性改革的方向，也是未来经济的重要支柱，发展向好是大概率事件。

一家之言，贻笑大方。说对了，市场本就如此，不敢占半分功；说错了，市场本就如此，没有助半分力。

入市有风险，投资需谨慎！

2019 年 12 月 30 日

菩萨问因

《让孩子成长的秘密》读后感

关于孩子教育的话题,曾经写过多篇文章讨论,很多想法和作者不谋而合。今天,换个角度谈谈体会。

印光法师曾说:菩萨畏因,众生畏果。无论是“畏”因还是“为”因,改成“问”字也许更有意思:菩萨问因,众生问果。所谓种瓜得瓜种豆得豆,你善良,孩子就心中有爱;你孝敬,孩子就孝顺;你有礼貌,孩子就待人和善;你家庭和睦,孩子就会内心平和;你好读书,孩子就不会沉迷于手机……你什么样,孩子就学得有模有样。

在孩子的教育问题上,父母容易有两个误区。一个是分工和协作。知识主要由学校老师传授,做人得靠父母身教,后者更为重要,决定了孩子能成为什么样的人。作为父母,千万不要越位,更不能错位。另一个是自以为是和如他所是,特别是拿自己的经验判断是与非,经常上演着“别人家的孩子”的剧目。评判标准是否正确？是否有利于孩子自信心的培养？此时对，彼时未必是对的；你认为是对的，他人未必认可。物种是多样的，所以世界才精彩，每个人都有自己的活法，作为父母需要做好引导，而不是代为选择。

关于孩子教育可聊的话题很多，仁者见仁智者见智，连篇累牍的文章也令人目不暇接，我也仅是一家之言。大道至简，正如寂静法师所言，这长，那长，什么长都不如成长。

2020 年 1 月 14 日

读书的意义

《浮生旧梦说连环》读后感

人们常说一命二运三风水，四积德五读书。读书的意义，大概就是让人眼界更开阔，对自我有更清醒的认识而不至于狂妄。

书海弄潮，天马行空；

学用之道，一生风景。

除夕夜，祝愿朋友们新年快乐，祈祷疾病得到控制，病人早日康复，天佑中华！

2020 年 1 月 24 日

仁者人也

《让自己诞生》读后感

吸引我的是书名,却勉为其难地读完,读后感也一直无法落笔。书中提到在古希腊戴尔菲神庙入口处刻有一句箴言:认识你自己。这句话像斯芬克斯之谜,几千年来考验着路人的智慧。

人是分小我和大我的。小我更多的是利己,当利益冲突时,往往选择有利于自己的做法。大我是在小我基础上,又突破小我,更多的是利他。想要突破小我,除具有家国情怀,还须有坚韧不拔之志。

无论是小我大我,君子处事是有底线的,即不逾矩。换句话说,不违背法律和公序良俗。人的欲望无限,控制内心的魔鬼,靠的是良知。成为人实属不易,像茫茫大海中漂浮着一段枯木,枯木上有个洞,一只瞎眼的海龟正好钻进洞里。而成为你自己,更是难上加难。请守护好内心的良知,直道而行,不枉这难得的人身。

2020 年 1 月 29 日

相得益彰

《历史的天空》读后感

好书是有魅力的,《历史的天空》就是这样一本勾魂的书。

《历史的天空》曾被拍成电视剧,过去许多年仍印象深刻,那时的我没有读过原著。当翻开第一页,看到梁大牙和陈桥埠,脑海立刻就蹦出了张丰毅饰演梁大牙的荧幕形象,特别是东方闻英牺牲后大悲无泪的画面一遍一遍浮现,让人痛彻心扉、泪流满面。荧幕形象的丰满来自作品的张力,经老戏骨们二次加工,文学作品再次得到升华。

想过退休后写书和讲学。读了《历史的天空》,心底还是露怯了,和徐贵祥先生的文学功底相比,如萤火虫与皓月。中国当代文学有路遥、徐贵祥等先生,乃是读者之幸。

2020 年 2 月 1 日

补齐短板

《骚动之秋》读后感

1978 年 12 月的一个晚上,安徽小岗村 18 户农民秘密按下手印,决定分田单干,包产到户。1982 年 1 月 1 日,中共中央批转《全国农村工作会议纪要》,指出农村实行的各种责任制,都是社会主义集体经济的生产责任制。

文件精神一举冲破了思想的藩篱,极大地调动了农民种粮的积极性,很快解决了全国粮食产量和温饱问题,为其他改革发展奠定了良好的物质基础。

四十年弹指一挥间,"三农"事业取得了巨大成就,但也存在许多需要解决的问题。目前困挠"三农"事业发展的主要问题,一是产业,二是人才,三是体制给农业集约化或规模化生产带来的障碍。习近平总书记指出,小康不小康,关键看老乡。十九大确立了乡村振兴战略,事关民族复兴大业。解决产业这块短板已经刻不容缓。

参与扶贫工作四年多来,我曾经多次到农村调研,一直在思考如何解决农村产业发展问题。个人认为,需坚持“四个必须,两个给予”。“四个必须”指,必须坚持党的领导,配齐坚强有力的党支部和支部书记,凝聚起最大公约数;必须结合各地资源禀赋,宜工则工、宜商则商、宜农则农、宜牧则牧、宜林则林……不能一哄而上,乱上项目和规模;必须选拔有知识、胆量、情怀和经营头脑的带头人,新增项目要符合国家产业规划,逐步淘汰落后产能和高污染企业,优化产业结构;必须有科学的激励和约束机制,按劳分配多劳多得,健全议事规则,调动参与者的积极性。“两个给予”指,政府要给予一定的土地、财税等奖补政策,设立乡村振兴产业引导基金,鼓励或提倡土地大规模流转,实行“公司+农业合作社(家庭农场)+农户+金融”一体化运作,并在农民职业化培训上下功夫,克服目前一家一户等运作,提高土地利用率,提升农业产业经济叠加度;金融机构要制定乡村振兴授信政策指引,给予配套的信贷政策和专属产品,切实解决乡镇企业融资难、融资贵、融资慢问题。

以上仅是自己的一点儿思考,希望能为新农村建设贡献一点力量。谈不上高论,不能因为俺姓高就是高论吧。农村市场是广阔天地,大有作为,大有可为。

2020 年 2 月 4 日

真理的味道是甜的

《中国共产党一路走来》读后感

春节前夕，一种被称为“新型冠状病毒肺炎”的疫情，在毫无征兆的情况下迅速传播到全国各地，一时之间人心惶惶。

大年初四，接到“必须坚守一线靠前指挥”的紧急命令，初五天未亮就告别家人往开封赶。沿着郑开大道行驶，看到凡是村口都有工作人员对过往行人进行检查。到了开封地界，私家车进入检查点，被要求出示开封本地身份证，否则必须按原路返回。把车停靠路边，跟检查站人员解释，被告知需征得领导同意方可放行。等待期间，一直在部署工作的高个子人员吸引了我的注意，旁边工作人员告诉我，他就是开封市新城区带队的某领导，给大伙站着开会已经快一个小时了。站在稍远的地方，断断续续听他讲了很多关于防疫的要求，如何应对突发情况，讲到自己57岁了，是所有在场人员中年纪最大的，他要求大家克服困难和疲劳心理，坚决完成组织交给的任务。等待期间，我抽空看看路边临时搭建的板房，里面没有行军床、电暖器，只有一些矿泉水和方便面，询问工作人员晚上如何休息，检查站人员告诉是24小时轮班值守，晚上天冷，大家就挤在车上睡觉。我被深深感动了，是什么样的精神支撑这些人从除夕到现在，甚至还要继续很长时间无法与家人团聚，始终坚守在一线岗位。

身边还有很多令人感动的事情。同事张向阳在两个检查点之间不能通车的情况下，扛着10公斤重的消毒灯顶风冒雪走了一公里为县支行送去设备；韩丹丹、陶璟、陈晓花等一大批企业家购买了紧俏的医疗物资和水、方便面等生活用品，无偿捐给一线工作者；一些朋友申请加入志愿者队伍，参与协助社区防疫等。他们都是“逆行者”，是真正的英雄。

有人说，中国是一盘散沙。我不这样认为，在中国共产党领导下的中国人民面对过各种各样的极端困难和严峻挑战，从来都是众志成城。远的不说，1998年抗洪、2003年SARS、2008年地震，历史和事实无不雄辩地证明：中国共产党是伟大的党，中华民族是伟大的民族，中国人民是伟大的人民。

我爱我的党！我爱我的国！我为自己是一名党员、一名中华人民共和国的公民感到骄傲和自豪！

我也是千千万万“逆行者”中的一员。

2020年2月8日

做自己

《我亲爱的甜橙树》读后感

一连讲了一个多小时，口干舌燥的。对每个业务条线、每个部门在疫情防控期间重点该干什么都提出了具体的要求；然后又召集公司部、小企业金融部、授信部和分管领导逐户研究重点企业情况，提出具体帮扶措施、路线图。天已渐渐黑了，可还是卸不下心中的火气，不是生同志们的气，是生自己的气。

新冠肺炎疫情的暴发，打乱了原有工作布局。昨天晚上看电视，政府有关领导在答记者问时，说我省正处于疫情暴发前期，拐点还没有出现，防控形势依然严峻。疫情看来不会很快过去，必将对全国、全省经济社会影响巨大。

今年是全面建成小康社会决胜之年，明年是建党一百周年，做好经济工作至关重要。疫情的蔓延，势必对企业生产特别是中小企业生存、居民生活方式产生深远影响。如何顺应形势，趋利避害，化危为机，考验着领导干部的智慧。

面对突发情况，多数同志还是惯性思维，主动思考的少，有效应对不足；有些干部精神状态还处于“休假”模式，无所适从甚至无事可做。我心里很着急，实在是憋不住了，说了一些重话。说完又后悔了。

很佩服那些城府深的人，喜怒不形于色。自己呢，高兴不高兴都写在脸上。分析自己是什么样的心态呢？还是希望他人好，能更好，反复引导、沟通，搞得自己挺累的，看着事情掉地上了，急起来说话不注意，容易得罪人。又想，要不要成为那样的人呢？思来想去，觉得自己学不会做不像，走过的路吃过的盐集合成了现在的自己，做自己已是不易，学来学去再把自己给丢了，得不偿失。

想通了，浑身轻松起来，提笔写下此刻的感受。

2020 年 2 月 12 日

变　脸

《追问》读后感

这是本反腐纪实文学。八个故事的主人公都身居高位，在人生的前半程励精图治、夙夜在公。他们本有机会继续为国家做出更大的贡献，由于抵制不住诱惑，最终滑向了违法违纪的深渊，其结局令人扼腕痛惜。

现代魔幻舞台剧《黄粱梦》是由唐代传奇小说《枕中记》改编而成的，其中有一段经典台词："吃不完的珍馐花不完的钱，摆不完的阔气弄不完的权，听不完的颂歌收不完的礼，享不尽的富贵过不完的华年。"

当真如此，才会幸福快乐吗？

川剧中的脸谱用于揭示剧中人物的内心及思想感情的变化，即把不可见、不可感的抽象的情绪和心理状态变成可见、可感的具体形象。可人性是最复杂的。有的人明里是人暗里是鬼；有的人明里是鬼暗里是人；有的人开始是人，后来变成了鬼；有的人开始是鬼,后来变成人;还有的人有时候是人,有时候是鬼……人人鬼鬼,鬼鬼人人,人即鬼,鬼即人,总是纠缠不清。鬼说:放我出来吧,醉卧美人膝,醒掌天下权……凡是你想要的都可以满足你,只要你放弃善良和真实。人说:天道无亲,常与善人。当利益冲突,两个小人内心打架,谁胜谁负一念之间。

一切都会过去的。功名利禄、荣华富贵不过是过眼烟云,生不带来死不带去。人在自己的哭声中来,磕磕绊绊走完一生,又在别人的哭声中死去。

看透,放下,自在。

2020 年 2 月 17 日

诚正守一

《我这一辈子》读后感

《中庸》讲:“诚者自成也,而道自道也。诚者,物之终始,不诚无物。是故君子诚之为贵。诚者非自成己而已也,所以成物也……诚则明,明则诚…… 至诚如神。”一念至诚,当与先贤等同无二。

外修身。阅读经典书籍是最便捷的途径。杨绛先生曾说过:“用生活所感去读书,用读书所得去生活。”好的书籍能带着读者看尽生活百态、人间沧桑,启迪人生智慧。

内守一。《大学》讲:“大学之道,在明明德,在亲民,在止于至善。”内心开始的那点光明如风中油灯,又如呱呱坠地的婴儿,需善加守护,待其成长。

“从心所欲不逾矩”是游戏人间的至高境界,前提是诚正和守一,没有两者护持,只能是自取灭亡。

2012 年 2 月 24 日

孔方兄

《连城诀》读后感

爷爷在“文革”期间遭受迫害，平反没有多久就去世了。那是1979年，我才十岁，正在上课时，母亲把我从学校接出来，告诉了我这个消息。我家住在南阳路北段，离爷爷住的地方较远，平时很少过去。对爷爷的记忆仅有一个：夕阳下，一个慈眉善目的老人坐在藤椅上，把我抱在膝上，看着我笑，笑得那么温暖。

奶奶是个生命力顽强的女人，跟着爷爷南征北战，浴血奋战。如果奶奶要从政，也许会比爷爷职位更高。山东女人的贤惠，使她放弃了原有的工作，跟着爷爷来到河南。奶奶的心很大，出生入死过的人，对很多事都不放在心上，每天都会喝一杯红葡萄酒，神奇的是银白的头发，后来竟慢慢地变黑了，直到90多岁离开人世。

舅舅和爷爷都是有文化的南下干部，为了新中国建设的需要，他们都留在了河南，后来舅舅又被组织安排到了陕西工作。父母在两个老人的撮合下走到了一起，那时父亲在部队，母亲很辛苦，带着我们仨。

爷爷单位分配了一套老房子，父母离婚后，父亲搬到奶奶那里，承担起了照顾奶奶的责任。房改的时候，兄弟姐妹都不要这套老房子，在爷爷朋友的见证下，由父亲出钱用爷爷的名义购买了下来，姑姑看父亲钱不够，资助了3000元钱。后来老房子拆迁改造，父亲又添了十几万换了大一点儿的新房。新房是在原址建起来的，周围都是省直机关家属院，医院、学校等配套设施齐全，近几年房子价值升得很快。

房子因为是房改房，户主的名字一直是爷爷，加上当时见证的老人已经离世，这就为这套房子的归属留下了隐患，后续发生了很多伤害亲情的事情。

天下熙熙攘攘，皆为利来利往。孔方兄啊，你的魅力太大，自古至今，为了你，兄弟阋墙、夫妻背叛、父子反目、同僚相残，尔虞我诈，殊死搏斗，不胜枚举。这样的故事还会延续。

有钱就一定会幸福吗？马云、马化腾、马明哲……如果能见到他们，我唯一想问的只有这个问题。

推荐给大家两篇文章，一个是《好了歌》，一个是《钱本草》，没事翻翻。

2020年3月14日

天时地利人和

《侠客行》读后感

我已经是大半截入土的人了。许是年纪大了,从前模模糊糊的往事,不经意间触动,依然清晰,恍如昨日。

总结过往的人生,想说的太多,实难用很短的时间讲完,又苦于文字的歧义,给自己或他人徒增烦恼。

《周易》讲“三才”指天、地、人三者,与之相对应的天道、地道、人道为“三才之道”。《孟子·公孙丑下》:“天时不如地利,地利不如人和。”《孙膑兵法·月战》:“天时、地利、人和,三者不得,虽胜有殃。”

过了知天命的年龄,现在的状态是退而不废。

时也,命也,关键是人也。

2020年3月19日

我们终其一生在与童年世界和解

《你就是孩子最好的玩具》读后感

俗话说,三岁看小,七岁看老。危言耸听抑或是杞人忧天?

父母一言一行,孩子学着模仿。不知不觉间播下的种子,刻画在孩子的心里,随着年龄发芽长大,终其一生承受。有的朋友性格急躁,不妨回忆下,父母性格是什么样的呢?常恐惧焦虑的朋友,往往小时候经常挨打……你什么样,你的孩子就是什么样。

亲子教育对孩子成长至关重要,年轻的父母不缺爱,缺的是科学的认知和方法,建议读读这本书。

2020 年 4 月 12 日

别轻慢了一杯白开水

《平均分》读后感

都说文以载道、文如其人，读这本书最大的感受就是平实，和《新闻联播》中一本正经的康辉一个样，像极了一杯白开水。

生活就像一杯白开水，滋味随心，冷暖自知，花开各表。究其本质，它就是一杯白开水。

白开水不出彩，跌宕起伏、风光霁月、惊世骇俗往往跟它不靠边，但白开水又很管用，当你发烧的时候，家人朋友会告诉你多喝白开水。

放下书，扭头看到刚归置好的玩具，又一塌糊涂地散落于各处，鼻孔轻缓哼出一口气，嘴角微微上扬，喜悦之情无以言表，内心满满的幸福，当下体悟到生命的本有。

2020 年 5 月 2 日

生活随笔

女排奥运决赛有感

怀着忐忑的心情观看女排决赛,特别是第三局和第四局的时候,心提到嗓子眼儿里,紧张得都不敢看了。最终赢了的时候,情不自禁地站起来猛烈挥舞手臂。

回顾比赛过程,女排技术并不比对手强,特别是发球和扣球力量。为什么我们能赢,个人觉得:赢在精神,赢在团队,赢在拼搏。每个球都拼尽全力,每个人都相互补位,每个人都相互鼓励。正是这种团队精神,塑造了中国女排精神。

2016 年 8 月 21 日

关于读书技巧

一是开卷有益,书中自有颜如玉,书中自有黄金屋,书中自有千钟粟,书中车马多如簇。

二是读书累了,就放下,换个环境或出去走走,如能有几个书友,组团读书最好,像长征一样跟着走,最终走到根据地。

三是正确把握读书速度和质量的关系,专业的书籍要讲究质量,不懂的地方务求理解,来不得半点马虎,而对非专业书籍,要保持阅读速度,不理解的可跳过,书中还有书。

四是学以致用。学习的目的是指导实践,否则,就虚了、空了、偏了,没有任何价值。读书可格物、致知、诚意、正心、修身、齐家、治国、平天下。

2016 年 9 月 14 日

给果儿的家书

果果吾儿：

虽然你只有一岁零五个月，还不懂爸爸今天给你说的话，爸爸还是想给你写封信，作为家书，留给未来长大的你，体会父亲对儿子的拳拳之心。爸爸对你有五点希望。

第一，有个好身体。身体是革命的本钱，身体是数字前面的“1”，财富、职位、荣誉等等都是“0”，如果没有了前面的“1”，后面的“0”再多，也失去了意义，只是空为他人作嫁衣。爸爸希望你养成良好的习惯，不要学爸爸做夜猫子，时间长了，造成精神不振，精力无法集中，虚火上升，处理事情时也容易急躁，留下很多遗憾。身体的器官也需要按时休息，你应早睡早起，经常锻炼身体，有了好身体，才能做更多的事，才能做得更持久。

第二，世上有两件事不能等：孝顺和教育子女。父母把你养大，不求你人前显贵，不求你记着我们的养育之恩，只是让你知道你肩负的责任，我们不想养一只白眼狼，让父母伤心难过。特别是你要孝敬你的母亲。你知道吗,妈妈生你的时候已是高龄产妇,身体还不好。为了你的健康,妈妈天天需要到医院打针、拍片、吃药,受了很多很多的苦,她把最好的养分都给了你,妈妈真不容易啊。你也要孝敬爱人的父母,他们养大的女儿,给你生儿育女,陪你一直到老。所以,你一定要孝顺他们,如果经济上许可,建议你把双方父母都接过来,在你住的附近置办或租赁房子,方便你经常回去看看,尽尽孝心,人老了不想独守空房,我们想陪着你老去。对孩子的教育理念,你既要重视知识和技能的教育,更要重视道德、礼仪和情感方面的培养,而后者对一个人的成长和人生更重要。

第三,言宜慢,心宜善。说话要慢,讲的话是要从脑子中出来的,而不只是从嘴里讲出来的,特别是不要讲假话,因为你需要用更多的假话来掩盖假话;真话可以不全说,要多讲鼓励的话,良言一句三冬暖。在保护好自己和不影响生活的情况下,力所能及地帮助别人,谁都有不如意的时候,赠人玫瑰,手留余香。帮助别人时,不要奢望被帮助的人回报,如果你老想着索取对方的回报,会活得很累。不妨想一想,做好事是为子孙积德积福,心情就会很平静,帮助别人也能快乐自己。

第四,好读书,读好书。书籍是人类进步的阶梯,爸爸希望你多读经典,不是为了让你升官发财、光宗耀祖,而是让你能遇到更好的自己,成为对国家、对社会有用的人,遇事能更从容自信,处事更得体自在。爸爸不建议你从政,爸爸希望你是个读书明理之人,最好能当大学老师,或搞点科研等。爸爸好读书,收藏了不少经典书籍,并且每读一本都写有读后感,爸爸觉得这是留给你最好的礼物;爸爸也不反对你经商办企业,实业兴国,但一定要合法经营、全额纳税,不能以合理避税的名义偷逃税款,如实纳税是每个公民应尽的义务。

第五,良妻贤母,无价之宝。爸爸不反对你早恋或交往更多的女性朋友,但选择结婚对象一定要慎重,要找一个适合你的妻子。不要在意对方的长相和家庭背景,如财富、声望、人脉等,虽然这些对你的事业和生活会有一定的帮助,但是夫妻感情不和,双方的世界观、人生观、价值观不在一个频道上,你们之间不会有良好的沟通,长时间下去,会影响你的心情,让你远离家庭,逃避责任,伤人伤己,还会给孩子幼小的心灵造成无法弥补的伤害。孩子是父母的复印,父母什么样,孩子就会刻成什么样,言传更要身教。爸爸希望你找个志同道合的妻子,遇事多沟通,商量着来,家和才能万事兴。

果果吾儿,爸爸还有很多话想说给你听,看着你健康快乐地成长,爸爸妈妈感到很幸福。虽然爸爸离你只有 50 多公里的路,可只有周末才能回去陪你,那是爸爸要承担的对社会、对家庭、对企业的责任。爸爸珍惜和你在一起的每时每刻,每次看到你,爸爸发自内心地高兴，你带给我们无穷的快乐。爸爸妈妈爱你，祝愿吾儿果果健康快乐地长大，也祝未来的你幸福安康！

爱你的爸爸妈妈

2017 年 4 月 5 日

“钉钉子”精神
第一次座谈交流会上的几点感想

今天是“钉钉子”精神读书小组第一次正式地面对面交流，针对刚才伙伴们提到的目前读书的困惑和想法，我想分享三点自己的感想，和大家一起交流。

第一，读书是为了谁，读书真的没有用吗？

儿时，父母希望我们成为一个有知识、有教养、有道德情操、有正确价值观的人，让我们多读书、多学习，那个时候的我们，会觉得读书是为了父母。学校里读书，为了上个好大学找份好工作。单位里读书，领导让我们明白“制度才是我们的老师”，合规立行，合规立身。

那读书到底是为了谁？

其实，读书是为了自己，是为了成为那个想成为的自己，遇见更好的自己，让自己有更多的可能。读的书多了，自己看问题的角度、眼界和境界也会大不相同。

读书真的没有用吗？

答案显然是否定的，读书非常有用！读书让人明智，一千个读者就有一千个哈姆雷特。平时多花时间看书，不仅可以提高自身素养，更好地驾驭本职工作，得到领导赏识，获得更多机会，而且会打开你的视野，拓宽看问题的角度，增强说话的底气。待人处事之间，方能显现读书带来的好处。夫妻之间相处，亦如此。

腹有诗书气自华。长期的阅读写作能让人散发知性的光辉，清风朗月，水滴石穿，让气质长在你的细胞中、精神世界里。你是个什么样的人，不是靠外在包装就能掩人耳目，你读过的书、受过的教育和素养，才能还原最真实的你。正如曾国藩所言："人之气质，由于天生，很难改变，唯读书则可以变其气质。古之精于相法者，并言读书可以变换骨相。"

读书是对孩子的一种富养。言传更要身教，对孩子最好的教育的根本不在学校，而在家庭，最好的施教者是父母，我们要把陪孩子一起读书，作为一项长期坚持的家庭活动，花钱不多，但能让孩子从小体验这样的学习氛围和探索乐趣，父母自己也可以不断温故知新，更好地与孩子相互理解和沟通，营造良好的家庭氛围，可一举多得。

第二，选择读什么书？

人类自有文字记载以来，已有五千年左右的历史。随着知识和实践的不断积累，特别是近 50 年以来，科技进步日新月异，呈几何速度发展，社会处于一个知识大爆炸时代，书籍更是数不胜数。要在浩如烟海的各类读本里选书，选择什么类型的书去阅读，值得思考。不是所有的书都是开卷有益的，加之我们时间、精力有限，不可能全读。对于挑书，我提点儿自己的想法：

一是阅读国内外经典名著。这些书籍经过时间长河的沉淀，历久弥新，依然熠熠生辉，奠定了一个民族文化的根。阅读这类书籍能洗涤心灵、启迪智慧、逐本求源，传承民族精神。

二是阅读专业书籍。专业书籍既包括与工作相关的书籍，亦包含自己感兴趣的其他书籍，诸如理财、保险、贷款，以及法律、心理学等。专业书籍的阅读有利于推动工作，有助于自身综合素质的提升。同时，鼓励大家多考银行从业资质和在职研究生，通过进一步的专业学习，全面提升自己。

第三，怎样读书？

毛泽东同志有一套自己的读书方法，即先博而后约、先中而后西、先普而后专。那么如何更有效地读书，如何平衡家庭、工作与读书之间的矛盾？我也谈谈自己的体会。

一是选择著作或名著要“理解为上，记忆为下”。作者写作的背景、意图以及所表达的情感等，并不是我们能够完全理解的，每个人看同一本书可能会有不同的见地，感受到不同的风景，正所谓

"子非鱼,安知鱼之乐"。书中还有书,遇到不容易理解的地方,不懂就过,不必"死磕到底"。随着时间的推移、阅历的增长,以及阅读量的增加,这些心中的"疑问"和"疙瘩",潜移默化之中会慢慢地消散、理解,甚至豁然开朗。

二是对待专业类的书籍,要细细研磨,用心去读,不能"知其然不知其所以然"。专业类书籍针对性较强,需要我们对细节仔细推敲,做到理解着去记忆,这些知识是要用到实际工作中的,来不得半点马虎。

三是"一书未完,不翻他书"。看书要一气呵成,保持连续性。每一本书都会有它的主题思想,如果同时看多本书的话,容易把其中的内容混为一谈,思想在不同作品之间跳跃,思维也会混乱。不妨只读其中的一本,这样精力更能集中,更有连贯性,更加高效。而且,初期参加阅读的,一定要先读薄一点的书,读完会有成就感,有利于慢慢培养起读书兴趣。太厚的书,阅读时间过长,读书的乐趣也会被消磨,效果不好。

四是读书要靠积累,切勿心急。"冰冻三尺,非一日之寒",读书也是一样,不是百米冲刺,而是马拉松,没有一朝一夕的积累,就没有知识爆发式的增长。犹太人有一句名言,世界上有两个半的东西是别人偷不走的:藏在大脑里的知识,吃进肚子里的食物,还有那半个是——花出去的钱。所以,我们要让读书成为一种习惯,每天抽出来一个小时的时间去读书，日积月累，改变就会逐步显现。当哪天你们“三日不读书，觉得面目可憎”时，就真的离不开书这个“朋友”了。而且孩子的书就没有价值了吗？《唐诗三百首》《安徒生童话》《三字经》等都是孩子们喜欢的，不论对孩子还是自己，都是有教育意义的。

五是跟着团队走。有记者曾问过邓小平同志这样一个问题：两万五千里长征你们是怎样坚持下来的？他只说了三个字：“跟着走”。当一个人走路时，会感到疲惫和孤独，也会感到路途遥远，很容易放弃，但一群人走路却是另一番景象。正所谓“众人拾柴火焰高”，大家在一起读书，各种思想汇合成新的思想，读书会正是给大家提供了这样一个交流的平台。

六是读书要能进能出。看书容易代入其中，与作者同喜同悲，但是如果不能适时抽离就会伤神伤心，我们读书要注意这一点，要保持清醒，进得去还要出得来。

七是少看电子书，少听书，多读纸质书。长时间对视电子设备，会伤害我们的眼睛，不利于健康。而听书则会使我们由主动变为被动，容易忽视书中的细节和点睛之笔，思想还容易分散，跟不上播音的节奏。

读书后一定要写一写读后感，写出来的感悟才是自己的，借此也可以提高自己的文笔。希望大家共同努力，让读书成为我们的一种习惯,一种生活方式。

最后,送大家三句话:好读书,培养读书的习惯;读好书,才能开卷有益;读书好,胸藏文墨怀若谷,腹有诗书气自华! 共勉!

2017 年 8 月 17 日

印象西湖

丁酉年农历七月初一杭州西湖早读有感

秋日湖光潋,远山黛色浓。
晓岸垂烟柳,黄鹂深树鸣。
临池花木炫,曲径通处幽。
孤鹜戏芙蓉,白鸟觅鱼踪。
苏堤凌波步,露重临安城。
凭栏观山色,常慕古人风。

2017 年 8 月 22 日

杭州植物园游记

出浙大玉泉校区，沿玉古路约一千米，即至杭州植物园。园门对面，竹林茂密，幽深静怡。行至百米处，渐闻水声潺潺。转过一道弯，地势倏然开阔，碧波荡漾，有石桥横跨其上。竹映水面，日出云归，晦明变化，愈发清静幽深。逆流而上，有亭翼然临于泉边。亭外有鸳鸯戏水，不敢打扰，遂绕道入园。及至园内，青石铺路，古树繁茂，绿草如茵。野芳幽香，沁人心脾，精神为之一振。转入小径，石板蜿蜒，曲径通幽，蝉鸣此起彼伏，像是晚宴进入高潮，争相留下那千古绝唱。不知名的小花，红白相间，随意散落树下。偶遇院落，漫步其中，亭台楼榭，古朴典雅，怪石嶙峋，错落有致，玉泉鱼跃，好不自在。拾遗珠初，更是景色宜人，钟灵毓秀，日丽月清。园内峰回路转，一步一景，似人间仙境，令人流连忘返。细雨不期而至，又增添别样风味。

兴致而归，仿醉翁述之，记此游记，聊以自娱。

2017 年 8 月 23 日

灵隐问禅

无巧不成书，偶遇浙江同事，探得杭州有两个地方要去。一个是西湖，一个是灵隐寺，遂萌发问道之意。

灵隐寺位于西湖灵隐山麓，始建于东晋咸和元年（326年），至今约一千七百年的历史。踏上青石小路，古树遮天蔽日。玉液幽兰处，泉水叮咚，鲜有人至，一溪之隔是幽山秀峰，仿佛人间仙境。飞来峰上，佛像390余尊，宝相庄严。沿着山道拾级而上，身体渐渐滞重，汗水顺颊而下，方知老之将至。许是灵山考验，不敢稍有停歇，只顾奋力前行。及至峰顶，四周怪石嶙峋，树根扎于岩石缝隙，躯干沿着石径顽强生长，似要把生命力全部展现给游人看。草木皆有生的渴望，何况人乎？人间正道是沧桑，放弃其实很容易，难在一个恒字，也贵在一个恒字。独辟下山蹊径，一个人在山林，总疑走错了路，担心未知的事物，身上阵阵发冷，体会到一个人走路的孤单。终见黄墙灰瓦隐于山林，方知路是要走出来的。

及至灵隐寺，寺庙气势恢宏，背靠北高峰，面朝飞来峰，草木葱茏，环境清幽。时下游客如织，有的泉间嬉戏，几个亭中小憩，三五成群的，或静怡或喧闹。热闹是他人的，我偏爱独处。入得寺庙，居士递来香火，颇觉得意外，立生感激之情，原以为寺庙也非净土。慢慢在庙宇间游走，细细观赏造像，庄重者有之，威严者有之，和善者有之，怪诞者有之，神态各异，惟妙惟肖，如世间众生。日落西山，暮云染红，喧闹之声渐渐远去，寺庙恢复了往日的幽静。僧人吃完斋饭，三三两两走来。黑白相间的小鸟在树间啾鸣，仿佛受香火的熏陶，叫声柔和清明。我知道，是我惊扰了它们的梦。出得寺庙，空山、鸟语、蝉鸣、石径、小桥、古树、绿竹……踯躅在山林之间，享受着内心的宁静。偶尔听闻人语响，张望却寻而不见。

问道归来，想起一首诗偈："佛在灵山莫远求，灵山就在汝心头。人人有个灵山塔，好向灵山塔下修。"

2017 年 8 月 25 日

红田、七里坪参观有感

箭厂河原为百步桩，无桥，因设有99个木桩方便渡河得名，后由十八位武举联合抗清，在此造箭改名。一条约三米宽左右的小路，两旁松柏苍翠，参观的人们有说有笑，排成三列纵队前行。步行百十米，路东设有一纪念碑，青底红字，上书“红田”两字。当年国民党反动派为了威胁恫吓百姓，在县城唯一一条通往武汉的路上设置刑场，屠杀革命志士。这片三十平方米的土地，倒下的革命烈士却有300余人，烈士的鲜血染红田地，“红田”由此得名。当讲解员介绍这段历史时，现场鸦雀无声，所有的参观人员深深震撼了，敬畏之心油然而生，幸福生活真的来之不易，是无数革命烈士抛头颅洒热血用生命换来的。“红田”已不是静立的石碑，它是中国共产党人为人民解放、国家独立、民族复兴矗立起的一座不朽丰碑，是大别山28年红旗不倒的历史见证，是激励着一代又一代共产党人前赴后继勇往直前的精神源泉。

沿淮河与长江分水岭南下，前往七里坪参观。车行路过曹门村，这是红二十五军军长吴焕先的家乡，可惜故居未保存完好。七里坪建于明末清初，有四百多年历史，又叫长胜街，南北617米，青石板路，徽派建筑风格，檐口见长，上刻有龙蛇鸟兽，见证着历史的苦难辉煌。七里坪原是红四方面军军部所在地，是当时鄂豫皖政治经济交通中心，仍保存有七里坪工会、列宁市苏维埃饭堂、鄂豫皖苏维埃银行、鄂豫皖中西药局、列宁市经济公社、红安县赤色邮政局、中国工农红军第四方面军指挥部等革命旧址。听着讲解员的介绍，我的思绪不禁飞到烽火连天的岁月，明白当下的岁月静好，是先辈们在替我们负重前行。

参观结束，耳边讲解员的三问依然挥之不去：入党为什么？在岗干什么？身后留什么？回想入党以来，有过迷茫，有过曲折，自问问心无愧。党的十八大以来，通过群众路线教育实践活动、“三严三实”专题教育、“两学一做”学习教育等，逐渐找回了初心，更坚定了入党时的承诺：“我志愿加入中国共产党，拥护党的纲领，遵守党的章程，履行党员义务，执行党的决定，严守党的纪律，保守党的秘密，对党忠诚，积极工作，为共产主义奋斗终身，随时准备为党和人民牺牲一切，永不叛党。”

这就是我的回答。

2018年4月17日

痴爹的礼拜天

孩子晚上闹哼哼的，怎么哄都不消停，还一直挠痒痒，在灯下才看清，下午在东区草地玩时，他的手腕处被蚊虫咬了个包。掰了三小块种植的芦荟，托着孩子藕节似的胳膊，一遍遍轻轻地擦着肿起的包。原计划给儿子洗洗澡，趴在老婆背上的他只往卧室方向用劲，我只好打点热水给他泡泡脚、擦擦腿、洗把脸。孩子喝了两杯奶，抱着软软被睡着了。晾晒好孩子的衣服，又马不停蹄地收拾满地的玩具。坐下来一看表，已是十点钟了。

只要在家，孩子跟我多些，可能是平时在外地工作，周末才能回来，比较包容他吧。这段时间，孩子老是咳嗽，饭也不怎么吃，去过两次医院，见了医生就哭，躲在墙角不出来。喂药时那叫一个难，把爱人和阿姨累得一身汗，就是摁不住。只好把药放到奶里冲开，哄骗着算是喝下去了。昨天老人擦伤，我带孩子去药店买碘酒，刚进门他就拽着往外走，说什么都不听，他对医院和药店已经有了恐惧心理。

不养儿不知父母恩。带孩子真是个操心又累人的活儿，一天下来腰酸背痛的。你得时刻盯着他、陪着他，琢磨孩子咕噜咕噜表达的是什么意思，走路怕摔着，拿东西怕伤着，走累了得抱着，做饭得想着他喜欢吃什么，还得能喂进去。他高兴了你特别高兴，病了恨不得替他病，哭了抱起来从上到下抚摸他的背，脸贴着他的脸，轻轻耳语。爱人说我惯孩子，说我不在家孩子就很乖，我一回来就跟屁虫似的粘着我，也不听话了。我也知道自己很稀罕他，中年得子，比年轻人可能更在意吧。

今天是母亲节，定好了中午和父母一起去外面吃，孩子闹瞌睡没去成，真是挺对不住老人的。祝愿天下所有的母亲节日快乐、身体安康！

2018年5月13日

跑步，一个人的孤独

跑步是自己跟自己较劲的过程，每过一个关卡，都是一次战胜自我。有一次，长长的一排跑步机，只有我一个人。那时，我已经能跑 5 公里了，可每次到 3 公里的时候，脑中就会蹦出各种理由想放弃。以前是摽着别人，现在没有参照物了，不过还是咬牙坚持了下来。自此，心理屏障一下被打破，就像冲破了任督二脉，浑身轻松，顿悟出一个道理：跑步不是众人的狂欢，而是一个人的孤独。

工作、生活何尝不是如此。佛家讲：难舍能舍，难忍能忍，难行能行。人间正道是沧桑，面对挫折打击，不能颓废，让自己更优秀，不断突破自己，才能化茧成蝶，活出自我。现在，读书和跑步已成为我生活的一种方式，精神和身体都在路上的感觉真爽！

我只负责努力，静待花开！

2018 年 5 月 18 日

时间都去哪儿了

我是被乒乓球不断落在案子上的声音吵醒的，在床上迷瞪了一会儿，起来看看时间，才早上 6:02，院里年纪大的邻居，已经有起来跑步的、打球的、耍太极的，小院开始热闹起来。打开手机，“书香开封”群里已经有人喊晨读了，他们怎么那么大的劲儿，跟大宝似的天天见，哪来的那么多时间，在群里从早聊到晚上十点多。他们不上班吗？不做饭？不打扫卫生？不陪家人吗？眼睛长时间盯着屏幕不难受吗？群里聊得嗨，跟亲人还聊吗？这是个哥德巴赫猜想。

我每天忙得像陀螺，开会研究重要工作、批阅公文、审批财务报账，处理预定的和突发事情，接待汇报思想和工作的干部员工，到一线调研，走访重要客户。对于预定的工作还好些，毕竟提前做过预案，心里还有点谱，对于突发的人或事，脑子得高速运转，了解来龙去脉，把握主要矛盾和矛盾的主要方面，抽丝剥茧，破解问题和矛盾，还要防止次生灾害。最头疼的还是人的问题，必须耐心地听完，再结合具体情况提些建议，听得耳朵起茧子，嘴磨破皮，嗓子冒烟。每天晚上回到家，累得像狗直喘，动都不想动。有点时间，就抱起一本书，躲在里屋翻看，这是我最喜欢的时光。

周末回郑州，只要孩子阿姨不在家，洗衣做饭、打扫卫生、照顾孩子哪样活儿也不比单位省心。今早上，起来做好饭，开始收拾书柜，然后给孩子喂饭，汤喝了大半，孩子突然喊：裤子、裤子。一看，尿了一裤，赶快把孩子抱起来，小心脱下上衣和裤子，把衣服泡在水池里，冲水给孩子洗屁股擦身子，再拿拖把把地拖干净，喷上酒精消毒。烧一壶热水，把洗过的衣服用开水烫烫，再晾上。

忙乎乎的，直到 10:00 才吃上早饭。刚写了会儿东西，孩子这会儿又喊了：我要喝奶。得了，接着忙，一会儿还得做午饭。

2018 年 6 月 24 日

负重前行的中年

华灯初上，夏夜的风依然夹杂着残余的热气，吹得身上燥热。公交站等车的人不多，向远处张望的眼神里，流露着焦急的神色。126路公交车最后一班缓缓从始发站开出，车刚行一站，一对母子匆匆下车，急忙忙地赶后面的线路车。空荡荡的车厢里，将后背紧紧压在椅背上的我，随着车厢摇摇晃晃。

人到中年，身体真是每况愈下，一天不胜一天。这两天仅睡了三个小时就顶不住了，腰酸背痛，脸色苍白，口干舌燥，胡子拉碴。昨天下午6点多钟，接到四叔打来的电话，说我父亲晕倒了，在人民医院急救室抢救。放下手头的工作，回住处开上私家车，一路风驰电掣。

我父亲是倒在家属院里的，邻居发现得早，及时送到医院，病情得到有效控制，高烧渐渐退了，人也清醒了些，能缓慢地交流了。X光片显示肺里有炎症，需要住院治疗。办完所有住院手续，安顿好老人，已经很晚了。老人躺在病床上睡得很沉，第三瓶点滴换上时，已经是第二天凌晨了，走廊里静悄悄的，我不敢睡，一直盯着输液瓶，老人还不时起夜，直到三点才滴完。睡了两三个钟头，便被早起的病人家属吵醒。上午等着医生查房，也忘了吃早饭，和医生交流过病情，商量先治肺炎再转科室治疗糖尿病。中午回家换了身衣服，又赶紧往单位去，下午领导召集重要会议。结束后，给爱人打电话，老丈人在郑大一附院的住院手续已经办完，手术日期还没定，不叫我过去了，让我去人民医院陪父亲。

人老了往往成了老小孩，我在医院餐厅定的糖尿病人营养餐，老爸也不告诉我一声就退了，一直等到 19:30，不见有人送餐，跑到负一楼配餐室，才知道原因，只好跑到外面买了碗面，可能不合老人胃口，只吃了两口就放下了，气得我忍不住嘟囔他两句。

看上去我不属于中年油腻男，不是年龄不到，是因为平时喜欢读书和锻炼，保持良好的身体和精神状态，没有油腻感。现在，家里四个老人都八十多岁了，孩子不到三岁，正是老的老小的小，都需要陪伴。单位呢，组织信任，把开封市分行交给了我，不能让工作掉地上，整天忙忙碌碌，朋友开玩笑说我不会当领导。我也很想喝着茶把事业搞上去，行吗？金融是跟风险打交道的，在刀尖上跳舞，当甩手掌柜是对企业的不负责任。加之，银行成立只有十年，和其他国有商业银行相比，无论是理念、系统、产品、品牌、风险管理能力都存在不小的差距，只有全身心投入，殚精竭虑做对做好每项工作，才能对得起事业、员工和自己的良心。

为人子、为人父和单位三者间找平衡，的确不是容易的事。愿你，愿我，愿每一个负重前行的人，都能吟啸徐行，任这烟雨平生！

2018 年 6 月 28 日

妈妈，我们爱你

母亲生于1939年农历五月十八，河北清苑县人。说起清苑县，就会让人想起《七品芝麻官》，一直记得戏里有句词：当官不为民做主，不如回家卖红薯。

母亲10岁之前生活在战争年代，5岁前是抗日战争，10岁前是解放战争。老家村北头有一棵大槐树，五六个人抱不过来。家门口路东有座庙，兄弟姊妹小时候就在庙里上学。离村两三里有块坟地，种着几百棵柏树。电影《地道战》说的冉庄村，离母亲家也就十几里路。那时家家都挖有地窖，以前是为了储存食物，后来是躲日本鬼子。1942年大扫荡，日本鬼子实行“三光”政策，惨绝人寰。村外到处是高粱地、玉米地，听说日本鬼子来了，老百姓害怕，就往青纱帐里钻。大舅是区委书记，有一次被日本鬼子给堵住了，出不了村，躲在地窖里三天三夜，姥姥半夜起来偷偷给大舅送饭。母亲告诉我，日本人担心村外柏树林里藏有八路军，就派飞机狂轰滥炸。

姥爷和姥姥辛苦持家，舍不得吃穿，攒钱买了百十亩地，农忙时节会雇短工，平时都是由家里人干活。新中国成立后，因为大舅是区委书记，定成分时被照顾，没有被定为地主，成分定为富农。母亲很能吃苦，只有十几岁就从事繁重的体力劳动，割麦子打场，到村外割草，背一百多斤东西走十几里路，推独轮车拉粮食，样样农活都没落下。舅舅告诉我，姥姥有次没有认出我妈，指着远处推独轮车的女孩说，谁家的女儿推得真好，你看那架势，结果走到眼前，原来是她女儿。母亲上班后，有了我们仨，那时父亲在部队，月工资才三十块钱。母亲为了改善我们的生活，快退休了开始做生意，把我们拉扯大不容易，辛苦了一辈子。

今天是母亲七十九岁大寿。老话说过九不过十，家里人一个月前就商量好给老人过八十大寿。姐姐定了酒店，喊上舅舅和舅妈，全家一起其乐融融。舅舅说起这些往事，我记得真真的，酒醒后写了这篇日记，纪念这个特殊的日子。

2018 年 7 月 1 日

思念是一种痛

霏霏,7 月 7 日是你的生日,也是你离开的第 7 个年头,妈妈爸爸想你念你。你是 2003 年 7 月 7 日早上 8:06 出生的,那天是阴历六月初八,体重六斤八两,当时爸爸觉得女儿了不得,三个六三个七三个八,爸爸把存折密码改成 667788,谁知道连老天都嫉妒你。妈妈生你的时候难产,你抬着头就是不愿出来,折腾一夜,妈妈疼得难受,只好剖腹产。当你被抱出来,爸爸在上下两排的婴儿床里,一眼就认出了你,从那一刻起,爸爸的心融化了。你离开我们的时候,妈妈的朋友梦见你是观音菩萨的童女。观音菩萨把你派下来,难道是对妈妈爸爸的惩罚吗?她为什么让你降落凡间,又把你收回去,是讨债吗?

妈妈这两天情绪低落,躺在你的床上看着你的照片,什么也不说。爸爸知道妈妈心里难过、自责,妈妈觉得没有照顾好你,对着弟弟发脾气。爸爸也不好受,周五周六周日,连着三天找酒喝,麻醉自己。霏霏,知道吗,你走后,妈妈跟爸爸说不敢再要孩子了,如果孩子生病,她受不了。姥姥劝妈妈一定再要个,说你们老了怎么办? 妈妈为了要弟弟,受了很多苦,弟弟已经两岁七个月了,今天妈妈爸爸带他去上课,弟弟不听话,妈妈很生气,揍了他两次。其实,是妈妈想你了。

爸爸对不起你,从育儿园到小学,爸爸忙于工作,很少去接你。有一次,爸爸去接你,老师问你:这个人是谁? 你告诉老师说我是你爸爸,老师才把你交给了我。爸爸算一算,接你的次数不超过一只手,爸爸后悔呀,没有珍惜,陪你的时间太少。你走的时候,狠狠地掐着妈妈爸爸的手,你是不想离开我们。都是妈妈爸爸没有照顾好你,对不起你。

霏霏,你在那里可好? 有没有冻着饿着? 有没有人欺负你? 今天,你已经 15 岁了,是个大姑娘了,你一定要照顾好自己。爸爸想去陪你,怕你在那里受委屈,想保护你,你一定要等着爸爸!

2018 年 7 月 7 日

大话西游

你听:黄河在咆哮,空谷回响,山呼雷震,脚下的巨石也在颤抖。你看:山门顿开,浊浪滔天,万马奔腾,两三百米的河面突然收窄,惊涛拍岸,水汽翻腾,狂涛巨浪鬼神惊。汛期的壶口瀑布令人眩晕、震撼,那种冲击无法用言语形容……微闭双眼,画面帧帧掠过,散乱的思绪,在此刻串联在一起。

若尔盖草原辽阔,远山如黛,似随笔画出高高低低,忽明忽暗。云层低垂,仿佛伸手就能扯下一片,裁剪成纱巾,披在姑娘的肩头;牛羊黑白相间,只顾低头肆意享受大自然的恩赐;黄河九曲第一湾,清澈的河水蜿蜒流淌,那么的温柔恬静。江山如画,最爱的还是天空那一抹蓝,纯粹、清澈。

兰州中山桥,铁桥锁河,白塔矗立,见证了中华民族百年兴衰,勾勒出一幅雄浑的历史画卷;中卫沙坡头,冲锋舟逆流而上,羊皮筏歌声如诉,沙漠里驼铃声声。脱下鞋袜,细细的沙子在趾间流动,赶走旅途的疲劳,人与自然在这一刻融为一体。

西部影城，大话西游。城墙上留影，红墙下耍贱，蜘蛛洞死等。喝红高粱，当镖师，打擂台，踩月亮门，牧马人前圪蹴……驻足龙门客栈，遥想老板娘的万种风情。站在大圣娶亲台，喊道：打雷啦，下雨收衣服啊。搞怪的本事又都回来了，笑得要厥过去。银川古城，金黄的烤全羊，垂涎欲滴，三五好友把酒言欢，笑声不断酒不断……

2018年8月19日

未名湖畔好读书

九月的北京，秋高气爽，天高云淡，“中非蓝”刺得人睁不开眼。站在燕园西门，书中描绘的景色触手可及，神情还是有些恍惚。北大，这座中国近代第一所国立综合性大学，曾是五四运动的发源地，蔡元培、陈独秀、李大钊、胡适、茅盾、鲁迅、陈寅恪、徐志摩、朱自清、季羡林、邓稼先等先生曾在这里潜心治学、教书育人，这些名字至今仍熠熠生辉，光被四表。

校门属于庙门式建筑，匾额上“北京大学”四个字苍劲有力，气势雄浑，每天都有络绎不绝的游客在此拍照；走进西门，仿佛是跨过了两重天，校外的喧嚣顿时消弭，垂柳轻拂着两潭碧绿的池水。跨过石桥，高高矗立的华表原是圆明园之物，石犼向外提醒的早已不是帝王而是学生早归。蓝天白云下，古典风格的建筑静怡庄重，无声述说着百廿年的历史。古典建筑和园林景观相得益彰，对比现代的高楼大厦，还是惊叹古典之美。北大最著名的景色莫过于未名湖和博雅塔了，树影婆娑，湖光塔影，一步一景，令人流连忘返。我曾早中晚在湖边读书散步，体会着不同的感受。早上的静怡，鸟儿在枝头啾鸣；中午的安详，野鸭在水中嬉戏；晚间的从容，蛐蛐和蝉声合唱，都深深地刻在心底，挥之不去。夜晚偶遇画家李荷冉，快意畅聊，不失雅趣。怀着虔诚的心，沿湖顺时针方向惬意地行走，感受蔡元培先生“思想自由，兼容并包”的教育理念，背后是秋天北京城皎洁的月光。

燕园，我来了，带着期许、忐忑、慌张；燕园，承载着道不完的故事、诉不够的深情、断不了的思念……

2018 年 9 月 9 日

八月桂花香

朋友约吃夜宵,品尝土家族妹子酿的高度酒,还是若尔盖县拼酒的那个味,想起了付总舍不得倒酒的犹豫,嘴角不由自主地上扬。一路上念叨,回来后从湖北购置了些,因年份不够,少了柔和,两杯即至微醺。相约去汴西湖散步,第一次使用微信和支付宝骑车功能,没有成功,真是 out 了,只好走着去。谁知,失之桑榆,得之东隅,无意中发现小区种植的桂花,散发着浓郁的香气,令人神清气爽。“骆驼”一秒钟变“藏獒”,贪婪地吸吮着大自然的馈赠,躁动的心逐渐安静下来,内心充满喜悦。

仲夜的汴西湖月朗星稀,少了往日的喧嚣,凉爽的秋风裹挟着泥土、绿草的芬芳扑面而来,只有静下来才能体会到。人得学会独处,更要学会选择,这考验智慧,也考验胆略。每个人或多或少都有选择恐惧症,权衡利弊,左右思量。世间哪得安全法,不负如来不负卿? 重要的是问问内心,此心光明,才不会走错路。桂花隐忍了一年,在此刻绽放出浓郁的味道。人生何尝不是如此,不积跬步无以至千里,是金子总会发光,或早或晚!

2018 年 9 月 26 日

赠人玫瑰　手留余香

夜晚降临,风的强度也减弱了,一轮圆月斜挂,少了往日的清澈。正值开封市第三十六届菊花节,高速口车辆穿梭,下高速的多于出城的,多是外地来的车辆。霜降的夜晚寒意来袭,吹得脖子、手脚发凉,车边来回踱步,虚空挥拳,方驱散寒意。

一辆120急救车来到高速下站口,停在一辆面包车的后方,应急灯不停闪烁吸引了我的注意。面包车后门打开,我不由自主地上前两步,又犹豫着往回走,救护车离我停车的地方有二三十米远,万一客人到了不礼貌。想了想,当下最重要,还是向救护车走去,不是为了看热闹,是希望能搭把手。面包车里躺着一个病人,被子盖得很厚,听其家人说是骨折了。我站在车边,没有靠得很近,如果对方需要帮忙就帮一把,如果不需要再回来。果不其然,往下抬架子时,由于车内空间狭窄,车上的人不好用力,担架开始倾斜,我跨前一步拖住,又帮着抬到救护车上,对方的家人连声道谢。我笑了笑走了回来,今天又积了回德。

天道无亲，常与善人。人总有遇到难处的时候，在不伤害自己且力所能及的范围内提供一些帮助，快乐的是自己，温暖的是他人，增添的是社会的正能量，何乐不为呢。帮助人的初心须是自愿的，掺杂不得功名利禄，功德方能圆满。正如这眼前的月亮，本是清澈的，风吹起杂质暂时遮住了往日的清辉，却改变不了月亮的本色，人生何尝不是如此呢。此心光明，方能动亦定、静亦定。

这个有风的夜晚，我酣然入眠。

2018年10月27日

平　哥

我们院不大，转一圈也就二三百步。院子虽然不大，却很有来历。原先这个地方有毛主席像，老人家视察燕庄时来过这里，后来竖了主席像。因燕庄拆迁，把主席像放在这个院里的东边，那时候院子还是麦田。

也许是沾了老人家的光，院子人气旺，老人高寿，今天和一个92岁的老太太聊天，除了有点耳背，眼不花，吐字清晰，身体倍儿棒，如果不知道她的实际年龄，至少会少猜20岁。孩子更是一波一波的，一到傍晚时分，院子里大人孩子都聚在一起，打球的，孩子你追他跑的，带小孩子玩滑梯的，三三两两，热闹得很。

每逢周末，总想抽空下去打球，心里猫抓似的。主要是平哥好打球，早晚从16楼往下看，都能见到他，认识平哥是打球结的缘。平哥个儿高且魁梧，言语幽默，听他说话你老忍不住笑，一眨眼，球到眼前了。平哥是个热心肠，看不惯的事他都管，孩子的阿姨和我都挨过平哥的白眼。孩子的阿姨还跟他理论过，有次喝酒跟他说起这事，平哥还不承认。平哥有侠义心肠，我们对看不惯的事，老是藏着掖着，平哥不会，黑着脸只管说。其实，平哥是热心肠，敢管事，不了解可能会引起反感，越接触越想交往。他把院里打球的人逗得直笑，如果平哥不来，笑声少了许多。

平哥好喝酒，一天两顿喝还不耽误打球。有时候想，他身体咋恁好？我平时不怎么喝酒，算算在院里跟平哥喝酒，比平时还多，甚至打完球主动约着出去吃饭。平哥的爱人，我叫嫂子。嫂子很开朗，人也讲究，从来没有看到她邋里邋遢的。性格还好，平哥说话难听，她不搭理他，照样高高兴兴地打球。有时候，嫂子还会做点菜陪平哥喝两杯。

我有时候担心平哥，太好喝酒了，可一打球，平哥汗流浃背，兜里揣着小毛巾，拿出来擦擦，也许酒都随着汗液流出来了吧。

平哥，院里缺了你，该有多寂寞！

2018 年 11 月 25 日

天人境

小丹性格开朗,充满活力,是朋友们的开心果。认识她很偶然,参加女企业家协会活动,四男七女,男士人数上少,系被照顾的对象,小丹坐在我旁边。开始时,四个男士还端着,架不住女士们绕指柔的攻势,很快败下阵来,一个个聊起来。

跟小丹深聊是对柒柒酒店名字的讨论,朋友们各说各的看法,小丹都说对,我心想这个人不得罪人,情商很高。我谈了自己的理解,大道五十,天衍四十九,遁去其一。万物有极,月盈则亏,水满则溢,遁去的一才造就了无限可能。许是蒙对了,小丹开始对我越加照顾。

小丹境界之高,令我望尘莫及,越接触越觉可贵。从释家来讲,小丹处于"天人境",跟她交往,时时事事处处快乐。"天人境"特点就是转换得快,即便是不高兴的事,很快转化,类似雁渡寒潭或无住生心。"天人境"令人快乐,弊端在不抓,因而无所依,易落入"白骨境",心如死水,对一切事物不感兴趣,少了生机,落了下乘。心思神伤,疾病如影随形。形象的比喻,发动机不行了,车辆就报废了。很多疾病,究其根源是亏了心阳。

小丹很享受“天人境”,自得其乐,很舒服,不愿抓,其实也不是不抓,而是抓的东西不一样,小丹抓的是自己对每一个人、事物和每一时间点的好奇心,探索新鲜事物的新鲜感。这些所得,像散落的珍珠,缺一根主线穿成项链,再精进修行,成串的项链打碎融合,变成一颗珍珠,即达到守一,斩六贼化为六识。

横看成岭侧成峰,远近高低各不同。儒、道、释殊途同归,修行人境界不同,格局不同,差以毫厘,失之千里。

2018 年 12 月 22 日

郭记者

电话铃响了，把我从厨房拉回客厅。盯着屏幕上的名字，心想一定又是平哥起哄，让郭记者打电话约我下楼打球。每次他约美女记者打球、吃饭老是打着我的旗号，搞得院里的球友一见我俩自动换台。我也不解释，既锻炼身体又养眼，乐享其成。

郭记者是个讲究人，每次出门必须化妆，说在国外女的不化妆不出门，美其名曰尊重。你急着打球或开席，可人家不急，黄花菜凉就凉呗。每次球友约着喝酒，老赵、平哥、燕姐、老贾几个轮番上阵，使用激将法苦情戏威逼利诱都没用，人家端起来杯子也喝，放下一看，酒反倒是多了一点，估计是沾沾嘴，连带着吐沫又回来了。他们让我劝，想看我笑话，没门。我是能理解，作为记者经常要到基层采访，如果不会保护自己可是要吃大亏的。再者，想让她喝酒，得先把她牙掰开，老虎嘴里拔牙，那不是找死吗，何况还是只母老虎，惹不起先躲。

郭记者还是院里的开心果，球友老拿她开玩笑，你讲你的，人家也不急,照常乐呵呵地打球,冷不丁地还会冒出几句应景话,逗得大家乐不可支。许是经常切磋,对了几板,明显感觉郭记者球艺进步神速,以前跟她打球那叫一个轻松,球速慢、角度正,没有杀伤力,主要是她挥拍的姿势不对,没有侧身,腰部力量没有用上。有段时间没有下来打球了,一上来,我就被她打了个措手不及,发球刁,老是发在我反手位,然后就侧身打正手,估计是跟老赵学的,左一下右一下的,速度也明显快了。真不愧是记者,博采众长啊。

郭记者有个习惯性动作,每当打个好球,竖起胳膊握起左手,闭着嘴在原地转一圈,估计是小时候练舞蹈养成的转圈习惯。她找我借书,到现在也没有兑现,见着挺不好意思的,平时就是想不起来,估计爱书之人皆如此吧。

2019 年 1 月 20 日

猫　论

老师家有两只胖猫，一个纯黑，一个纯灰。

黑猫顽皮，不喜近人，见陌生人总是躲得远远的，自个儿玩自个儿的，一刻不得闲，不是对着沙发磨爪子，就是上蹿下跳，尤其对刺猬极感兴趣，支起后腿扒着笼边，歪着脑袋看，要不跃上笼子，鼻子嗅来嗅去，师母担心压塌笼子，撵了它几回。

灰猫乖巧，喜欢围人，对陌生人警惕不超过五秒钟，迈着猫步慢慢走近，将脖子依在手边蹭来蹭去。朋友抱起放在腿上，手捋着它厚厚的皮毛，灰猫眯着眼享受，惬意地轻轻“喵”两声。朋友间聊天时，它就跳上椅子，头枕在前腿上闭着眼睛静静地蜷卧着。

黑猫自由，即便听到灰猫惬意的叫声，也只是躲在沙发下看会儿，过后仍然自得其乐。灰猫讨喜，享受着主人的爱抚，却放不下好奇心，亦步亦趋跟着黑猫。

猫有百态，人亦然，都有自己的舒适区。坚守还是跟随，看你更在意什么。其实，成功的标准不只有一种，就像这个多彩的世界。愿你在这个浮躁的世界里,活成自己喜欢的样子。

2019 年 2 月 3 日

过　年

小时候盼着过年,好处太多了,学校放假不用做功课,有新衣服穿,整天吃好吃的,走亲戚还挣压岁钱,天天和院里的伙伴打雪仗疯着玩,等等,好不快活。

我家在南阳路肉联厂家属院。那时物资匮乏,平时大家都省吃俭用的,觉得天天能吃上肉就是幸福生活了。过年了,日子再难也会改善下生活,吃顿好的。肉联厂很吃香,正月前的半个月就开始堵车,摆摊拉货的车流和人流拥挤不堪。我放学后喜欢蹲在院门口看热闹,有时候还会跑到厂里玩,骑在猪圈上拿棍子赶猪。几个伙伴玩捉迷藏,厂区很大猪圈很多,玩着玩着相互就找不着了。

临近年根,母亲老早就带着我们去百货大楼扯上几尺布,找裁缝做身新衣服。母亲做饭不在行,拿手的是老三样:黄瓜、豆芽、炖排骨。她不会做糖醋鱼,每次都是舅舅来了再弄。除夕吃完晚饭,一家人挤在一起看春晚,母亲仍不闲着,边看边包饺子,等快到24

点了下锅，起锅时就让我在楼道里放挂鞭炮。一盘盘饺子上来，蘸着醋趁热吃，那叫个香啊，现在想起来还满口生津。初一早上，母亲叫我们起床，我们仨都不愿意，除了熬夜睡得晚，主要是被窝里暖和，外面冷飕飕的。早起的同学和邻居孩子都来敲门，我们也只好穿上新衣服挨家挨户去拜年，彼此说着吉祥的话，回来后再放一挂鞭炮，香喷喷的饺子总也吃不够。舅舅总是初一上午就来家里，一进门就让我们磕头，说磕一个给一块，我们就跪在床上使劲儿磕，边磕还边数数，直到舅舅连连说好了好了。舅舅的儿子和我要好，每次来了就不想走，晚上我们睡一个被窝，闹得可欢了。

小时候缺年货不缺年味，现在什么都不缺却没了年味。春晚的标配也懒得看了，哄着儿子早早睡了。初一、初二按老规矩走走亲戚，初四、初五陪老婆孩子到鄢陵洗温泉。初六早上醒来，看到漫天飞舞的雪花，又唤起了儿时的记忆，给孩子包裹严实，带他下楼堆雪人，孩子摔了三个屁股蹲，哭完了继续铲雪，玩得不亦乐乎。

一年又一年，我们长大了变老了。望着孩子们快乐的笑脸，听着孩子们快乐的笑声，嘴角不由扬起微笑。小时候的年味儿是有好吃的好穿的，现在不需要这些了，就觉得年味不足了。吃的穿的是年味儿的代表之一，也只是表象，最根本的是那份亲情，那份快乐，那份爱的传递，借着新年的仪式感好好表达出来，提醒自己珍惜每一刻团聚的日子。

年味又浓了!

2019 年 2 月 10 日

空白格

月朗星稀，淡淡清辉刺得眼疼。夜沉沉的，一个人在汴西湖游荡，像无主的孤魂，无所依靠。微风裹挟着初春的寒意，柳枝轻摆，湖水荡起层层涟漪，拍打着礁石，咕咕地倾诉。鸟儿划破夜色，振翅掠过水面，声音里透着哀怨，像有满腹心事。

脑子空荡荡的，又沉沉的，什么也抓不住。老师教我守一，用儒家思想把内心散落的珍珠穿成项链，通过精进修行，再打碎糅合成一颗珍珠，牢牢地守护。遵照指导，晨诵古文，依道而行，让灵魂和身体都行走在路上，依然还有积累的负面情绪无处释放。何时才能功德圆满？

邂逅喝醉睡在湖边的男孩，提醒他这样冷的天会冻着的。不放心，转回来看，人已经走了。

抬起头，月亮的光晕柔和起来。裹裹大衣，该回去了。

2019 年 3 月 19 日

拼积木

孩子拉来两把凳子，一个高的方的，一个矮的圆的。我坐高的方的，他坐矮的圆的，爷俩把乐高积木拆包，倒在沙发上开始拼装。平时看着简单，真正上手才知道事不经过不知难，一天下来也就拼成了两个，挑战难度高的总是败下阵来，累得腰酸腿疼眼花。

买乐高是为了锻炼动手能力，孩子没事老玩，车模拼起来相当熟练。细心观察，孩子玩得很投入，可一旦遇到挫折，就着急上火嚷嚷着要爸爸帮忙。每次跟孩子讲遇事不要急，效果一般，也是无语了。孩子还特别喜欢看乐高视频，想起来就跟我要手机，说看十分钟，次次都超时，跟他要就说再看一分钟，套路有点老。我要到走廊里抽烟，孩子哭着说爸爸不抽烟，如果把手机给他看视频，再问就可以抽了，看来老爸还是抵不过手机。

孩子特别黏附我，冲个奶也非得我来。洗完澡换上尿不湿，孩子非要跟我睡，把软软被拉开盖到我身上，脸贴着我的脸，鼻子里呼出的气吹到脸上痒痒的。少不了的规定动作，先摁背再摁腿，看着他惬意地享受，心里乐得屁颠屁颠的，真是可怜天下父母心。

2019 年 3 月 24 日

走好新时代的长征路

——参观开封市烈士陵园有感

追忆峥嵘岁月，
不忘来时路，
革命先烈永不朽。

讲好“四个故事”，
奋斗新时代，
重整行装再出发。

备注：讲好“四个故事”是指党的故事、革命的故事、根据地的故事、英雄和烈士的故事。

2019年9月24日

强者思维与弱者心态

今天午休间翻到一篇文章，是关于强者思维与弱者心态的。文章中说：在我们当前的社会中，人人都想成为一名强者，因为人们会认为强者是胜利的象征，而弱者则是失败的代表。中国经济多年来高速增长，社会进入了物质极大丰富的时代，但同时我们也发现，随着物质财富的快速增长，中国社会的戾气也在迅速加重。在公共场所的暴力伤人事件一再上演，网络环境中更是一言不合便恶言相向。目无他人，唯我优先，容不得他人的意见，容不得他人超过自己，这种典型的强者思维让社会中处处充满杀伐抢掠的恐慌。“像弱者一样感受世界”也许会让我们看待问题的心态多一些平和和客观，对于那些拥有权力、资源或身份优势的强者，想让他们保持一种弱者心态，说起来容易，做起来实则困难。

人类世界的进化真的很奇怪，虽然谁都不希望成为在物竞天择过程中被淘汰的一个，但又真正从内心中认同进化论，认同适者生存，向强者俯首。说难听点这是奴性，是曾经愚民政策的后遗症，人们总会替强者找合理性，而从根本上忽略弱者的诉求。

虽然文章旨在批评所谓的强者思维，而在我看来，强有强的好处，目标明确，勇往直前，不达目的誓不罢休，往往容易取得成功，登顶人生；而待到成功或是富足之时，弱又有弱的优势，谦虚谨慎，戒骄戒躁，敬畏世界，崇尚自然，更加关注感受和体验，能够领略到强人世界反面的美。所以一切相生相克，事物物极必反。也许真正的"完美"人设，是以"强者思维"去拼搏梦想，而以"弱者心态"去守护梦想吧。

读完文章开始反思自己。一直觉得自己是一个执行能力很强的人，对于自己认为正确的事能够长久地坚持，但是因为性格原因，缺的是看待问题视角的多维性与分析问题的全面性。送给自己一句话：长长的路，慢慢地走；深深的话，浅浅地说。在崇尚强人的世界里完善和丰富自己，沉住气，去怯去躁，你可以的。

2020 年 3 月 19 日

管理杂谈

作风建设永远在路上

※ 加强纪律性,革命无不胜。没有理想,没有纪律,一个组织无疑是一盘散沙,不会有任何战斗力的。严明党的纪律,首先要严明党的政治纪律和政治规矩,无论何时何地,都必须始终与党中央保持高度一致。不妄议,不信谣,不传谣,坚定理想信念,维护党中央权威,维护党的团结,遵守组织程序,服从组织决定,做政治的明白人,自觉执行党的纪律和规矩,真正做到头脑始终清醒,立场始终坚定。

※ 毛泽东同志说我们党是“一个有纪律的,有马克思列宁主义的理论武装的,采取自我批评方法的,联系人民群众的党”。理论来自实践,又反过来作用于实践。经济进入新常态,银行的党员干部不但要学习金融专业知识,了解、适应、引领金融发展新的规律,还要加强中国特色社会主义理论和马克思主义哲学的学习,补足精神之“钙”,坚定理想信念,坚持道路自信、理论自信、制度自信和文化自信,始终沿着正确的发展之路前进。我行党委高度

重视党的建设，所有支部均配齐支部书记、组织委员、学习委员和纪检委员；强化理论学习，2015 年组织党员干部到焦裕禄干部学院实地学习焦裕禄精神，2016 年在河南大学举办党建和党风廉政建设培训班；强力推进"强基固本"工程建设，尉氏县支行示范点建设成效受到省分行高度肯定，兰考县支行达标建设基本收官，其他县支行党支部不等不靠，扎实推进基层党建工作，所有党支部均建有党员活动室，配备有党建书籍。同时，定期组织学习和开展党委（支部）书记讲党课，党组织职能得到进一步强化，党支部的战斗堡垒作用和党员先锋模范作用得到进一步彰显，全行保持了健康发展的良好态势。

※　民主集中制是党的根本组织制度和领导制度。如何发扬党内民主，既解决民主发扬不够，又解决正确集中不够呢？个人认为：一是要健全和认真落实各项具体制度，促使领导干部按照民主集中制办事，特别是主要领导干部要带头学习和执行民主集中制；二是领导班子成员要树立正确的权力观、地位观、利益观，牢记手中的权力是党和人民赋予的，权为民所用，利为民所谋，不能擅权，更不能以权谋私，使权力成为"私器"；三是领导干部要讲团结，顾大局，有问题摆在桌面上讲，会前充分沟通，不同意见可仔细论证，不能暗箱操作，不能会上不说会下乱说，更不能当面一套背后一套，鼓励讲真话，说实事，求实效；四是敢于担当，不能议而不决，更

不能决而不行,耽误企业的发展;五是对违反民主集中制原则的,必须及时批评教育,情节严重的,给予组织处理或纪律处分,不能姑息迁就。

2016 年 9 月 4 日

系统论随感

系统论告诉我们:整体未必等于部分之和,整体的功能,可能大于,也可能小于各子系统或各部门力量的机械叠加,它取决于各子系统或各个部门的目标是否一致,也取决于是否能形成合理的结构。

如果在一个系统中,参与的人没有统一的思想认识,没有统一的行动指挥,东一榔头西一棒子地胡搞一气,或者虽有统一的思想和目标,但组织结构和运行机制不能使个人的能力达到互补,从而激发个人的活力,那么,在这一系统中,人数越多,或个人能力越强,则越可能造成内耗。

2016 年 9 月 20 日

干部是决定因素

※　没有什么能阻挡我们前进,唯有我们内部的腐败,堡垒往往是从内部攻破的。

如何预防腐败? 个人认为要把好三关。第一,把好选人关。要坚持正确的用人导向,干部选拔要坚持德才兼备,坚持五湖四海,既相马又赛马,让想干事、能干事、不出事的干部进步,让不作为、慢作为、乱作为的干部退出,激发干部队伍敬业奉献和创先争优的激情。抓住干部这个关键少数,就不会出现塌方式腐败,员工心气顺了,才会团结一致向前看。第二,把好育人关。要重视员工的思想教育工作,你不去占领员工思想高地,歪门邪气就会占上风,要借助市委党校、焦裕禄干部学院、河南大学、廉政教育基地、观看警示录片、党员每周一学等平台,加强政治理论学习,提高党员干部的道德修养、辩证思维,也要重视发动员工家属,告知腐败对家庭的危害,时常提醒员工遵章守纪,营造不愿腐的良好氛围。第三,把好制度关。把权力关到制度的笼子里,靠制度管人管钱管物,如制定连带惩戒制度,对员工违规违纪行为要追究管理者责任。制定举报奖励制度,对举报内容真实的员工重奖。要利出一孔,严格规范工资列支项目内容,条线奖励实行限额管理,规范领导干部薪酬管理,提高一线员工待遇,缩小剪刀差,保障员工不腐败的物质基础。要支持监察和审计工作,克服重发展、轻管理的思想,严格执纪,对违犯法律和违反规章制度的,绝不能姑息和搞下不为例,通过严肃问责,教育更多的人按制度办事,形成不能腐、不敢腐的机制和体制。

※ 毛泽东同志讲过“政治路线确定之后,干部就是决定因素”。

华为提出了干部管理“四象限”,即业绩、品德、素质和自我批判。本人也对干部有四个维度考量,即人品、想干、能干和会干。人品是基础,“商道即人道”,有德无才,可以培养,成不了事,不会坏事。有才无德,国之妖也,这种人对事业的破坏最大,甚至是颠覆性、毁灭性的。想干是指态度。态度决定一切,干部必须具有奉献精神和牺牲精神,对事业有强烈的责任感和使命感,才会自动自发地工作,一个不想当将军的士兵,是成不了将军的,但他也许是一个好士兵。能干是指专业技能。门外汉是干不好工作的,金融之道,差之毫厘,谬以千里,损失难以估量,我把金融家称为“刀尖上的舞者”,没有扎实的专业功底,迟早会被利刃所伤。尤其是干部,必须持续学习,掌握专业知识,按照金融规律办事,才不会发生方向性的错误,只有方向对了,即便慢些,总会走到目的地。会干是指工作方法。只要不违犯法律法规,不违背公序良俗,杀猪杀屁股,各有各的招,管用就行。在提拔新干部时,这个维度可以不做重点考量,观察情商即可。屁股决定脑袋,实践出真知,他没有做过,要给他时间实践,宽容前期错误,悉心予以指导,扶上马再送一程。

我们的事业成也干部,败也干部,当慎之又慎!

2016 年 10 月 17 日

菩萨心肠　雷霆手段

※　一个优秀的管理者,首先要有菩萨心肠。员工的基本诉求,无非是希望有安全的办公环境、满意的薪金收入、愉悦的工作氛围,同时能追求理想。

人心是最大的政治。我常告诫干部“你把员工在心里放得有多重,员工才会把你放得有多重”。来开封工作的两年多时间,一直在践行为民服务的宗旨。一是对退休的老员工,每年都会请过来座谈,逢年过节,送上对他们的感谢,他们为企业奉献了一辈子,我们不能忘了他们。二是对因重大疾病或重大灾害返贫的员工家庭,不能只在逢年过节才想起去看看,因为他们不是过不起节,而是过不起日子,帮要帮在日常。三是对怀孕七个月以上还坚持上班的女职工,我们制定了每月补助政策,让女职工打车上下班,别骑车或挤公交车伤了自己。四是对生病住院的员工,要求行领导和工会必须去看望,这时候病人需要关爱,缓解其紧张的情绪,有利于恢复健康。五是对全体职工,制定稳定的工资增长机制。这两年，员工收入有了大幅度增长，让企业发展成果更多惠及员工，完善弹性工资和计件奖励政策，鼓励大家劳有所得、多劳多得。六是扎实开展职工之家和职工小家建设，为每个单位（包括在乡镇的支行和农村信贷营业部）配备健身器械，持续改善员工生活和生产条件，让员工下得来、留得住、干得好。七是高度重视工会工作，我常告诉工会的同志们“工会不是养老的地方”，“要让工会真正成为员工的家”，工会经常组织骑行、健步走、书画、棋牌等文体活动或植树、捡拾垃圾等公益活动，锻炼了身体，增进了团结，体现了银行良好的社会责任。

我母亲的老家有句话说“当官不为民做主，不如回家卖红薯”。我始终坚信，好人一定会有好报！

※　菩萨心肠是前提，这是做人的基础，仅此却是不够的，仍需要雷霆手段。

一个好的管理者，绝不是人云亦云，一定要有自己的独立判断。这个判断来自宏观经济走势，来自数据分析，来自自己的观感，来自实际。很多时候，这种判断未必被大多数人认可，你会感到很孤独，这正考验你的智慧和勇气，是随波逐流还是众人皆醉，唯有靠实践去验证。

我要强调的是，雷霆手段不是不讲规矩，规矩是前人总结的经验，不能随意打破，民主是为了畅所欲言，博采众长，使自己不走弯路。集中同样重要，统一思想才能步调一致，劲往一处使。如果比专业能力，我们比不过具体的工作人员，基层同志比我们更专业，领导要比的是眼界，是肚量，是对价值观的坚守。比如零售信贷机构改革，针对经济下行阶段信贷员趋利避害的思想，将消费类团队和经营类团队分设，有个别同志担心会造成波动，想采取保守的策略，我却坚持认为这种慢刀割肉会更疼，不如快刀斩乱麻，同时为保护大家的积极性，采取薪酬就高原则，推行6个月保护期制度，调动管户人员移交的积极性。为了统一思想，我把大家集中在一起，共同探讨发展规律，解释所思所想，争取大家的理解和支持，对不能配合的干部强调行政措施。从实践结果看，路子又一次走对了，我们是近期全省唯一小额和商务正增长单位。讲民主必须也讲集中，特别是要避免过度集中。事业搭建了平台，须要珍惜。

我始终牢记当初誓言，老老实实做人，踏踏实实做事，清清白白为官，愿你我共勉！

2016年11月1日

管理是门艺术

到开封市分行工作三年了,相比于在省分行多个部门和直属单位工作的经历,自认为这三年是个人综合素质提升最快的阶段。二级分行行长是银行体系内比较难干的一个岗位,经营的指标、管理的责任、声誉的防控、突发事件的处置、逾期和不良的压降、安全生产的压力等等,正因为如此也最能锻炼人。

常常思考二分行长应该做什么,试着总结为做好"十六个字"和当好"五大员"。十六个字是指:管好帽子、树好靶子、甩好鞭子、理好圈子。管好帽子是指把合适的人放到合适的位置上,如一线负责人用武将,机关部门负责人要用文臣;树好靶子是指选树典型,抓两头促中间;甩好鞭子是指制定激励约束政策,让有为者得到实惠;理好圈子是指要经营好内部和外部各种关系,为银行发展创造和谐的内外部环境。当好"五大员"是指:一是教练员,倾注心血,分类指导,带出一支作风过硬的团队;二是战斗员,作为首席客户经理要从市场和同业抢占更多的优质客户;三是守门员,确保优质客户的阵地不能丢,人员不能出问题,堡垒往往是从内部被攻破的;四是消防员,对负面舆情和突发情况稳妥处置,灭火不出问题;五是裁判员,必须做人正直,做事公正,还要善于化解矛盾,统一思想,步调一致向前进。

2017 年 6 月 13 日

斗争意志和斗争艺术

要把合适的人放在合适的位置上,说起来简单,做起来却需要反复思量。事在人为,业在人创,用对一个人,满盘皆活;用错了,对事业、对干部本人都是不负责任。在干部使用上,我会从人品、态度、专业和担当四个维度考量。这里说的“用错了”,特指好人把事办不好,一样耽误事儿。不是求全责备,自己还一身臭毛病呢。我想说的是,菩萨心肠和雷霆手段缺一不可。面对错误的思想和行为,要有斗争的意志和斗争的艺术。这是好人成为好干部的必修课,也是必须跨过去的坎儿。

2018 年 8 月 9 日

人力资本比金融资本更为重要

KKR是一家国际知名的大型PE公司，在私募股权投资历史上创造了一系列并购神话。给我印象更深的是它招聘人才的方式，曾有过持续数月的三四十轮的面试，面试的强度让人震惊，甚至存心刁难。正是招募来的这些人才，使一家初始资金10万美元的公司成为金融帝国。

人是生产力中最活跃最积极的因素。优秀的人才没了，企业发展也就停止了。因此，培养人是每个管理者必须做而且必须做好的工作，需要用心用情用力。这里，谈谈对员工培养的一些体会。

重视新人的培养。新人既指新进组织的员工，也包括调整到新岗位的老员工。管理者既要教技术教方法，更要做表率，给予持续的关注和指导，扶上马再送一程，使其很快融入新的集体或适应新岗位。

不要把老员工用老了。培养新人必然有一个过程，悟性高的时间短一些，有些需要长期培养。一些管理者喜欢用熟悉的老员工，不舍得调整，最终把老员工用老了，组织或岗位失去了活力，耽误了事业和员工职业的发展，也不利于风险的防控。

交流换岗必要而且必须。流水不腐，户枢不蠹，通过交流换岗，提升员工的综合素质，打开员工职业发展的通道。交流换岗要防止盲目操作，保持一定的稳定性，每年的比例不高于20%。调整员工岗位也要把握好时机，业务发展旺季，除非必要不予调整。

把培训做成最大的福利。员工犯错无外乎无知而行或知而不行，第一种错误，干部是有责任的，“不教而杀谓之虐”。干部要将培训作为重要的工作，抓常抓长，形式多样，久久为功，不能“临时抱佛脚”。员工也要把培训当成最大的福利，真学真用，勤加练习。我常给员工讲的一句话是：制度才是你的老师。合规立行，合规立身，练就“金钟罩铁布衫”，才能尽职免责或尽职减责，企业才能实现高质量的发展。

有德此有人，有人此有土，有土此有财，有财此有用。诚实不虚！

2019年1月13日

安全是福

巴黎圣母院始建于1163年,建成于1250年,建设用了80多年,今年约770岁了。由于施工引发火灾,这座世界著名的历史性建筑受到重大损失,令人扼腕痛惜。

我一再强调,安全无小事,预防为主;宁可百日紧,不可一日松;安全第一,平安是福;千业绩万业绩,出了风险零业绩。这些话不是高深的理论,简单直指核心,关键是大家思想里有没有把安全生产放到心上,把安全责任扛在肩上,把安全教育挂在嘴上,把安全检查抓在手上。你是雁过不留痕还是真入脑入心了?你是应付着走过场还是扑下身子抓落实了?请扪心自问,如果你或你的同事、单位由于你没有履行安全责任出了问题,你该负什么样的责任?你一辈子能心安理得吗?请你们快速行动起来,来一次仔仔细细的安全大教育、大排查、大整改,彻底消除安全隐患。

平平安安是福啊,同志们!

2019年4月16日

政去人声后　民意闲谈中

时间过得真快,来开封工作已经四年多了。我行经营工作实现三连冠,内控管理也实现了两连冠,银行内外兼修的神韵正在成形。三年多来,我每周带着单位年轻人读书,已经“毕业”了三批60余人,影响了全行更多的同事开始阅读。2019年开年,又给中层干部管理一讲,培养干部系统思维。每天忙忙碌碌,有些人不理解花费这么大精力图什么。

回想来开封之初,内心想做的三件事都办成了。第一个是基础设施建设,由原来上无一片天下无一缕地,到现在兰考、通许县支行营运房和市区购置的一处营业网点已投入使用,尉氏县支行、市分行营运房将分别投入使用;第二是让职工幸福有尊严地活着,2018年人均工资总额突破20万元,特别是普通一线职工收入远超于同业,四年实现翻番,员工幸福指数显著提升;第三是培养年轻干部,这个指标也已超额完成,特别是县支行干部队伍率先实现了年轻化、学历化、专业化。

四年多来，我将从业近三十年来对银行规律的把握，结合开封实际，绘就了我行理论图谱和实践路径，取得了高质量发展，近期将着手整理成册。特别高兴的是全行风清气正的环境已经形成。

还要留下什么呢？思来想去，想留下的只有一颗心，那就是对开封传统文化深深的敬畏，对开封这片热土深深的感激，对全体干部员工深深的爱！

2019 年 5 月 23 日

管理杂谈

培养人是管理者最重要的一项工作，尤其是对年轻干部的培养，事关事业成败，不可以不慎，需倾尽全力。

四年来，我行干部特别是县支行领导班子实现了年轻化、专业化、知识化，可谓后继有人。年轻人有闯劲，学习能力强，接受新事物快，但也存在管理经验缺乏、遇事毛躁、对事物规律的认识需要实践磨炼等问题。

为缩短其成长周期，2019年以来，我结合所思所想，会给干部讲一堂管理课，传授一些经验。文字正陆续整理出来，如果非要起个名字，就叫《管理杂谈》吧。

第一讲　四象限法则的应用

“四象限法则”中，第一象限是重要且紧急的事，第二象限是重要但不紧急的事，第三象限是紧急但不重要的事，第四象限是不紧急也不重要的事。工作之所以忙，之所以累，就是因为我们把主要精力都放在了第一象限，这是错误的，是不得已而为之。如果我们每天遇到的都是“重要的、紧急的”事，那么我们每天将会是什么状态？事情一堆一堆地来，心态必然不好，又想把事情处理好，但由于时间紧，匆忙做决策，就有可能导致思虑不周，不但当前这件事没有处理好，还极有可能引发次生灾害。所以说，最重要的管理是要把管理重心放在第二象限——重要但不紧急的事。

市分行之所以在年末召开会议安排部署 2019 年的全年重点工作，就是要告诉大家，这是一年都需要去做的、持续用力的地方，不是当下就需要完成的，当下也完成不了。2014 年 9 月，我刚来开封工作时就写了一个关于“重点工作考核”的制度，是想告诉大家，你们要做的就是紧紧围绕重要的工作，把它细分到月、周、日，只有平时把它做好了，到时候必要条件都准备好了，成功也就是必然的，这就是我一直要坚持的重点工作。有的条线、支行的同志理解错误，把储蓄余额增长多少、信用卡发展了多少作为重点工作上报，这些不是重点工作，重点工作是你怎么抓住客户主办这项基础性工作，有了客户，客户有人去管，然后搭载上种种的业务，可不仅仅是信用卡和余额。

要把功夫放在日常，持续发力，日积月累，功到自然成。例如，对金融扶贫考核，每年有两个时间节点，7 月份一次，次年 1 月份一次。如果它又是重要的又是紧急的，几天时间肯定是做不完的。比如说某某县，政府要求把 595 户贫困户 10 天内放款完毕，大家知道信贷员“尽职免责”是要入户调查的，而且需要各级政府部门配合，我们的信贷员肯定是无法做完这595户的。那么就需要超常规作业，天天累得不行，而且适逢年底储备的关键时期，这件事必然耽误我们其他贷款业务的储备。所以，把这些工作放在平时去做，关键节点再加加力就可以完成了。党建工作也是如此，不是因为巡视巡查要来了，才去做相关工作，因为它特别重要，所以我们要抓在日常。再比如说保险业务，单靠开门红的前几天就能抓出成效？那是靠不住的，储备的工作放在日常，才能在开门红迅速发力，达到预期效果。人才队伍的培养，遇到上级组织竞赛活动，临时集中培训有必要吗？也是有必要的，俗话说临阵磨枪不快也光，但是短暂的两天能把所有的核心要点都掌握吗？必然不能。我们之所以每周都要开展培训，而且逢培必考，考试成绩还要递交人力资源部作为年底评先评优的参考，正是把培养人才工作做在日常，这样才能使其在关键时候顶得上去，我们的员工正是因为“知制度”才能够更好地“守制度”。

领导干部要注意，作为管理者要把重心放在第二象限——重要但不紧急的事，每天、每周、每月去监督，持续发力，久久为攻，但是处理问题的时候要把优先级放在第一象限“重要且紧急的”事项上，次级处理第三象限“紧急但不重要的”事项，也可以授权处理，第四象限“不重要不紧急的”事项，充分授权其他人去处理。

如果遇到紧急的事,也要在充分了解事情来龙去脉的基础上再动手,否则就可能坏事。首先是心不能着急,《大学》讲“知止而后有定,定而后能静,静而后能安,安而后能虑,虑而后能得”。遇到事情的时候,先让自己镇静不躁,镇静不躁才能够心安身定,心安身定才能够思虑周详,思虑周详才能够有所收获。做决策时,还要防止发生次生灾害,事物都有阴阳两面,做出的决策也概莫能外,应尽量把不好的一方面减到最小,两害相权取其轻,两利相权取其重。总而言之,遇事第一不能躲,第二心态要平静,第三要防止次生灾害。

第二讲　扶上马再送一程

蘑菇长在哪里呢?长在阴暗、潮湿、肮脏的地方,体积小,不容易被人注意。什么是蘑菇定律?“蘑菇管理定律”一词来源于20世纪70年代一批年轻的电脑程序员的创意。由于当时许多人不理解他们的工作,程序员不受人重视且被怀疑和轻视,受到无端的指责,所以年轻的电脑程序员就经常自嘲“像蘑菇一样的生活”。蘑菇定律的内容是什么?它指的是一个新人去了一个行业或者一个单位,什么状态呢?任其自由生长,没有人去关注。有一种说法是一个新人到了一个单位容易成为“三杂”人员,所谓“三杂”就是说给他吃的是“杂粮”,干的是“杂活”,做的是“杂人”。不可能新人一来就把重点工作交办给他,大多是端茶倒水、复印文件等。这就是蘑菇定律的核心要点：无人管、无端受指责、自由生长。

我时常对干部们讲要“关注新人”，就是要关注新来的大学生。还记得我们以前刚进入单位的时候也是无人管，无端受到指责，自由生长，如果当初我们能遇到一位好老师，能对初到单位的我们掰开了、揉碎了讲，那将是一件很幸运的事情。但是管理者不应该这样做，不能靠个别人的人品带出一支有战斗力的好队伍，所以我们就要研究什么叫“蘑菇定律”，然后针对“蘑菇定律”提出的内容指导我们应该关注什么样的人。我们应该去关注“新人”，所谓“新人”，第一种指的是新入职的人员，从外边刚刚来到我们单位；第二种指的是调入新岗位的人员，即在单位工作但是从未从事过这个岗位，或者说原来在县里工作现在调入市分行新部门工作。这二者都是我们需要去关注的“新人”，我们要把新人“扶上马再送一程”。

我从2016年开始带着新入职的大学生读书，从第一年的“匠人精神”到第二年的“钉钉子精神”再到今年的“邮为青年”，我做的就是每年关注新人。因为我刚到单位的时候也是没有人管，领导从来不会交办大活儿，会交办小事儿，看你做得怎么样，干好了他会继续交给你小事儿，再好了继续交办，慢慢积累经验与领导的信任。但是，如果你干砸了呢？没有人告诉你这件事应该怎么去做好，应该注意什么。大多是分配工作以后就不管了，不管的结果就是当新人干砸了以后便会受到指责，受到领导的质疑，怀疑新人做事的能力；然后新人需要通过不断的努力去重新取得领导的认可。有些领导会先入为主，觉得你现在不行，就相当于永远不行！新人在领导心中的第一印象会成为新人长期的困扰，何时才能获得领导的尊重与理解，这不正像是一个蘑菇吗？

干部之所以成长，一方面是上级领导的培养，另一方面是通过自身不断的努力赢得尊重。当然，也有一些是抓住机会的，走到了今天的位置。我们要做的就是不能让更多的新人像我们当初刚到新单位一样只能不断摸索，我们应该帮助他们，引导他们，缩短适应期。所以要"扶上马再送一程"，剩下就是"师傅领进门，修行在个人"了。

新人要具备学习的心态、谦恭的心态，要有努力的韧劲儿。我们作为管理者要"教技术"，例如，我们以部门为单位，每周学制度，开展培训，对于培训内容进行考试，汇总成绩后按月报送至人力资源部，我要看培训学习的结果。作为管理者还要"教方法"，诲人不倦，弦歌不辍！

第三讲　已欲立而立人，已欲达而达人

马斯洛需求理论分为五个层次，从低到高分别是生理需求、安全需求、社交需求、尊重需求和自我实现需求。其中，第一、二层次是基本（低级）需求；第三、四、五层次是精神（高级）需求。作为管理者，要关注员工群体或者个人有什么需求，才能调动员工群体的积极性。举例来说，吃不上饭的时候，给员工讲“自我实现”，是无用的，所以我们首先要满足大家的生理需求。再看农村的“两不愁、三保障”中的不愁吃不愁穿，生活有了保障以后才会融入社会群体进行社交活动，想要得到大家的认可。最高的层次是“自我实现需求”，就是干成了自己想要干的事儿，如当官、挣钱、出书、好的声誉等。

在满足员工需求的时候，必须对他有一个认知，清楚他当前处在哪一个层次上。首先，员工的生理需求在我行基本不存在。但是存在一个“安全需求”，即工作环境的安全。我们一定要注意，为员工提供一个安全的工作环境。比如办公室需要注意，报废的车辆绝对不能再开了，开了以后看上去没问题，但是一出事那就是罪上加罪，也是对我们的驾驶员不负责。再比如，单位在装修时，要考虑使用环保材料、安全材料，避免对员工身体的伤害。

我们再来看，当满足了生理需求、安全需求以后，如果不把重心上移，仍然放在低级的层次上，那么其边际效益是递减的。举一个很简单的例子，比如说涨工资，原来收入低的时候月工资4000—5000元，给大家涨1000—2000元，刺激性很大。一旦满足了他的基本需求以后，无论涨多少对他的刺激是下降的，就很难调动他的积极性了。现在这个阶段，是要给大家搭建事业的平台，搭建个人成长的平台,让他实现自我的价值。

从马斯洛所说的高级需求来看,首先来说搭平台:给谁搭平台?给哪个层次搭平台?怎么去搭平台?比如说第三层次社交需求,我们要建立一个和谐的团队,在这个团队当中大家是相互尊重的,为了一个共同目标去努力,团结紧张严肃活泼。我们要打造这样一个团队,让更多的同志觉得在这里工作很舒心,因为他觉得在这里做事是公平的、公正的。

从领导层面看,搭建和谐的平台就需要"己正",子帅以正,孰敢不正?领导者自己首先要正。我们的领导干部不要认为"我能",要尊重别人首先要破除"我执"这个概念。自己有没有注意到说话时总是"我"怎么怎么样,用字最多的就是"我"。而"我"字是两个"戈"字背对背,既和谐统一又相互矛盾。作为领导干部要破除"我执"才能够兼听则明。达己必先达人,你只有成就别人才能成就自己。从员工层面看,处在当前这个需求层次的人占多数,那么我们就给他们创造和谐的环境,让他在适合的岗位上好好干。

少部分想继续往上走的人是需要重点关注的"人才",因为他有理想、有抱负,所以不会满足于仅仅处于当前这个层次,他一定想要赢得领导的尊重,赢得实现自我的价值。这部分员工单单靠金钱的激励是无法满足的,这时候就需要搭平台,给他适合的平台，给他个人成长的平台。在这少部分人当中，有些很傲气，有才的人难免有些傲气，正是因为他们有个性、有想法、很傲气才更加敢管、敢干，这样的人如果善加引导，能把事业干得非常好。我们作为管理者，对这种想进步、有特点的人要尊重，给他提供自我实现的平台，让他成长，扶上马再送一程，花时间精力多带一带，这样我们带出的就是一支能人辈出的队伍，最后达人"己达"，干部本人机会也会越来越多，事业也会越来越顺利。

大家要记着，搭平台才是干部要干的事儿，即搭事业的平台，搭个人成长的平台。人是自私的，最终都要回到自我实现，当一个单位人才辈出，企业发展越来越好，那就是达成了自我实现。即便职位没有提升，但人生价值一定是得到了大大的提升。这样很顺利地做了很多想做的事，你也会发自内心地高兴。

第四讲　勿谓言之不预也

来开封工作已四五个年头，对开封结下了深厚的感情，对传统文化有着深深的敬畏。

2019 年是中华人民共和国 70 周年华诞，也是我行转型发展的关键一年。银行党委确立了"高举习近平新时代中国特色社会主义思想伟大旗帜，担当奉献，狠抓落实，以优异成绩向中华人民共和国 70 周年华诞献礼；到 2020 年成为形神兼备的现代化商业银行，开封市最重要金融机构之一"的奋斗目标。

要实现这一任务，干部是关键。全行干部大多数讲政治、讲担当、讲奉献、做表率，舍小家为大家，做出了突出成绩，事业后继有人，值得肯定和表扬。但也有一些现象值得注意，表现为：阳奉阴违者有之，口无遮拦者有之，自以为是者有之，不学无术者有之，碌碌无为者有之，居功自傲者有之，不讲规矩者有之，不讲担当讲条件者有之，形式主义走过场者有之，官僚主义不作为者有之，重点工作虎头蛇尾者有之，“铁路警察各管一段”者有之。个别干部这些问题并存，尤为突出，工作无所作为，客观理由一大堆，“太极功夫”耍得得心应手……这些问题不根除，党的事业必然受到干扰，银行转型发展就会出现反复，高质量发展的势头必将停滞，耽误事业，害人害己。

干部干部，先干一步，要成为一面旗帜，带着部队往前冲，“跟我上”而不是“弟兄们给我顶住”。不能只讲经营不讲党建，只讲条件不讲奉献，只讲成绩不讲问题，只讲困难不讲方法，不能故步自封，躺在以往的经验和成绩上睡大觉无所作为，更不能当事后诸葛亮说风凉话，遇到矛盾和困难躲着走，要胜则举杯相庆，败则拼死相救，同荣辱共患难。

习近平总书记要求我们对党忠诚、勇于创新、治企有方、兴企有为、清正廉洁，这是我们要遵循的总原则。干部的培养选拔，坚持党管干部原则，坚持德才兼备、以德为先，坚持五湖四海、任人唯贤,坚持事业为上、公道正派,把这些标准落到实处。四年来,我行党委实施全行关键岗位竞聘,今年还将推出红黄牌制度,就是要进一步固化能上能下、能下能上的用人机制,把那些想干事能干事不出事的优秀人才提上来,让尸位素餐或品行不端的人下去。我行党委高度重视干部的培养,就是不希望大家掉队,现在仍在干部岗位的同志要对照内省。

对于歪风邪气,发现一起处理一起,绝不姑息绝不纵容,不搞下不为例。

勿谓言之不预也!

2019 年 5 月 25 日